# L'Attaque

# L'Attaque

## Eoghan Ó Tuairisc

MERCIER PRESS

MERCIER PRESS
Douglas Village, Cork
www.mercierpress.ie

Trade enquiries to Columba Mercier Distribution,
55a Spruce Avenue, Stillorgan Industrial Park, Blackrock, Dublin

First published by Mercier Press in 1998

ISBN: 978-0-85342-545-8

Is le cabhair deontais chun tograí Gaeilge a d'íoc an tÚdarás
um Ard-Oideachas trí Choláiste na hOllscoile i gCorcaigh a
cuireadh athchló ar an leabhar seo.

arts
council
ealaíon
Mercier Press receives financial assistance from
the Arts Council / An Chomhairle Ealaíon

Cover Design by Penhouse Design.
Printed in Ireland by ColourBooks Ltd, Baldoyle Industrial Estate, Dublin 13.

# CLÁR

# AN GHEAS

## 1

Tráthnóna i Mí Lúnasa bhí Máirtín Caomhánach ag cruacháil móna ag binn a bhotháin. Folt dubh air, malaí dúrúnda, a aghaidh faoi smúit ag allas agus ag smúdar na móna, is in airde ar thrasnán a bhí sé ag cur fóire ar an gcruach. D'oibrigh sé go cruinn dícheallach, é ag aimsiú na bhfód go hinnealta isteach ar éadan na cruaiche de réir mar a chaith a bhean chuige iad ina bpéire agus ina bpéire ag eitilt aníos.

Saidhbhín ab ainm di. Í óg, gearr, téagartha, béal fial leathanbhruasach na Mistéalach uirthi agus teaspach na hóige ina cuislí. Bhí seancheirt ghorm fáiscthe thar a cuid gruaige chun í a shábháil ó dheannach na móna, bhí a dhá géag nochta go guaillí agus ionmhas donn na gréine le sonrú ar an gcneas a bhí ar mhíne an tsíoda. Ní fhéadfá gan suntas a thabhairt do ghéaga na hógmhná, iad ag luascadh go rithimiúil trí bhogsholas an Fhómhair ag soláthar na bhfód dá fear thuas. Chuirfeadh sé an pósadh i gcuimhne duit: an bheirt, an fear agus an bhean, ag achtú a bpáirteanna ar mhaoileann sléibhe faoi luí na gréine Lúnasa.

Níor lig Máirtín Caomhánach ach an corrfhocal uaidh le gaoth. Duine den sliocht dúrúnda a bhí ann. Máirtín Dubh ba leasainm dó i measc mhuintir an tSléibhe, dar leo go raibh an t-ógfhear dorcha go maith ann féin; duine staidéarach miotalach, comharsa chroíúil, iománaí stuama, ach fear ab ea é nach ndéarfadh amach lán a bhéil ariamh, agus níorbh é an sórt duine é a dtabharfaí cuireadh chun scigmhagaidh chuig an iothlainn amach dó oíche thórraimh. Ba lá mór iontais don Sliabh é nuair a ghabh Saidhbhín Mistéil i ndáil pósta leis—iníon an rachmais, bhí fiche punt de spré léi agus a hathair ina dheartháir leis an Sagart Mór. Bhí na Mistéalaigh ina suí go seascair, teach cloiche acu agus réimse maith de thalamh féaraigh ar léas fada a raibh líochán milis don chaora ann. Ach rinne Saidhbhín níos mó ná mac feirmeora amháin a éaradh gur ghabh sí, ainneoin a máthar, le Máirtín Dubh Caomhánach, dílleachta gan treibh gan talamh gan de chosúlacht air ach go gcaithfeadh sé a shaol sa sclábhaíocht laethúil ag plandóir éigin ar urlár méith an ghleanna.

Ach níorbh é a fhearacht sin ag Máirtín é, a mhalairt de smaoineadh a bhí ag borradh ar chúl na malaí dúrúnda sin aige. D'fhág sé an tseirbhís ina raibh sé fostaithe ag Craigie Bhéal Átha Ghil nó gur rug sé Saidhbhín leis suas chuig an Moing, limistéar an phortaigh agus an gharbhfhéir atá crochta gan fhothain ar shleasa Shliabh an Iarainn, gur chuireadar fúthu ann agus gur chromadar ar an mhóin a bhaint.

Seacht dtroigh déag ar airde di, d'éirigh an ollchruach mhóna ó thalamh aníos. Thuas ar a barr, bhí sé in ann dearcadh síos ar cheann tuí a bhothóige. Ba leathanfhoclach an mhaise do dhuine foirgneamh a ghairm den chreatlach cónaithe sin; teachín a bhí ann, seascaireacht tamall d'fhear agus dá bhean faoi scraith an domhain ón síon agus ón oíche. Iad féin a thóg agus a mhúnlaigh é, meitheal chomharsana ag cuidiú leo, an seansliabh féin ag bronnadh an ábhair orthu. Den dóib liathbhuí ó Mhóin a' Mharla dhealbhaigh siad na ballaí, rug siad slata giúise ó Bhéal Átha Ghil aníos chun an díon simplí a fhí le chéile agus chuir an fear deaslámhach Máirtín féin an dlaoi mhullaigh air leis an tuí nua agus scolba na saileoige. Saidhbhín a rinne na ballaí a dhathú istigh leis an aol scéite nó go raibh úire na giúise agus géire an aoil á meascadh ar a chéile in aon chumhracht amháin a chuir cumhracht an nuaphósta i gcuimhne dó go lá deiridh a shaoil.

Níor bheag an séideadh gliondair a ghabh faoi chroí Mháirtín Dhuibh Chaomhánaigh ag breathnú síos dó ar dhíon a bhothóige. Ina samhail dóibh beirt a bhí sí, dó féin agus do Shaidhbhín; iad araon istigh faoi na frathacha giúise mar a bheadh dhá anam i gcorp cré amháin; iad suite chun bia ag an gcláirín den déil bhogaigh a ghearr sé féin amach; iad ag comhrá chois tine den mhóin dhubh a shábháil siad féin; iad cromtha thar leabhar faoi sholas coinnle agus ise ag múineadh na litreacha dó—M mór—C mór —d'ainm féin a Mháirtín—agus eisean ag iarraidh a hainm loinnireach a bhreacadh lena dhorn dalba agus ag déanamh iontais de mhíorúilt an léinn: Saidhbhín, a hainm scríofa, saibhreas a shaoil; iad sínte gach oíche taobh le taobh i gcumhracht dhorcha na bothóige le linn don domhan mór dul ar fuaidreamh trí aimhréidhe na réalt. Dar gan amhras níor chonablach bothóige a nochtaíodh dá shúile thíos faoi, ach aisling a raibh ceann tuí uirthi agus í ar breaclasadh faoi dheargluí an lae. Mhair sástacht a anama i meangadh beag gáire i gcúinne a bhéil agus bhuail sé dhá fhód eile go cruinn comair isteach ar éadan na cruaiche.

Ba chúis mórtais aige an moll mór móna sin ag éirí ó bhun leathan aníos nó go raibh sé ag bagairt a chinn thar dhíon na Bothóige san aer. Bhí beatha na gréine sna fóda dubha tiorma, agus beatha dó féin agus do Shaidhbhín mar is ar an móin a mhairfidís. Ag binn an tí bhí an trucail nua ina seasamh agus a caraí crochta san aer, dhá roth gona spócaí fúithi— an chéad phéire roth le spócaí dá bhfacthas riamh roimhe ar an Mhoing. Paistín Ó Domhnalláin, siúinéir leath-shúileach ar an mbaile mór, a dhealbhaigh na rothaí sin dó agus is iomaí duine a tháinig ag déanamh iontais díobh. Teacht an gheimhridh, ghabhfadh sé an t-asal idir na caraí, líonfadh sé an trucail de mhóin agus rachadh sé an fiche míle trí dhorchacht na maidine ag breith na móna ar an margadh go Droim na Seanbhoth leis. Faoi cheann cúpla séasúr bheadh a dhóthain airgid i gcúl a dhoirn aige chun léas feirme a ghlacadh thíos uathu ar léibheann an tsléibhe. Ba shin a bhí mar phlean acu.

'Agus rachaidh mise i mbun na gcearc is na lachan,' chuir Saidhbhín leis, 'agus tig leat na huibheacha a bheith ar an margadh in aon turas leis an trucail mhóna.'

Rinne Máirtín na fóda a láimhseáil go grinn gasta thuas. Bhí sé ar mhullach an tsaoil. Thar dhíon na bothóige chonaic sé an mhoing á síneadh go crónlítheach le fána an tsléibhe, an fraoch fireann faoi thriopall bláth, na linnte portaigh ina luí go dúloinnireach, deatach an tráthnóna ina smúit ghorm os cionn díonta an tsráidbhaile ag an gCrosaire, agus i bhfad thíos bhí céad-cheonna an Fhómhair ag sní trí ollghleann Loch Ailín i slí is go rachadh sé rite le duine drithle an uisce a aithint thar dhíle dhiamhair ar cheo. Ar íoghar na spéire thiar bhí sléibhte Shligigh ag gobadh aníos ina gcrotanna dalba dúghorma idir é agus léas lasanta dheireadh an lae. Agus bhí an domhan órbhuí go léir faoi dhraíocht ag géimneach na mbó.

Géimneach na mbó. Go mealltach, aislingeach, seoladh an fhuaim chuige aníos ag samhlú dó tailte méithe an fhéir agus an chéachta i ngleann an locha. Samhlaíodh dó cumhracht na hithreach deargtha, an cuibhreann diasórga, an coimín glas faoi bhualtrach bó agus é in aon easair amháin faoi chrúbaí scoilte na mbeithíoch agus ceol a ngéimní ag fógairt uair na bleachta. Priocadh focal an fhile i gcuimhne dó. Síoda na mbó. Géimneach na loilíoch ag filleadh dóibh

tráthnóna agus na húthanna lachtmhara ar longadán
ó thaobh taobh idir na cosa fúthu. Chuir sé fód isteach
de shnap ar fhóir na cruaiche. Dhá ghabhar a bhí aige
féin agus iad ar chuingir i measc an aitinn. Ach le
cúnamh Dé bheadh sí acu lá éigin, aige féin agus ag
Saidhbhín, bheadh an riabhaichín acu, síoda na mbó,
agus áit sheascair ar léibheann an tsléibhe.

Fothram crúite capaill ar chlocha an bhealaigh.
D'ardaigh sé a cheann. Bhí an marcach le díograis
ag priocadh an chapaill in éadan an chnoic. D'fhair
Máirtín é. Giolla stábla ó Bhéal Átha Ghil. Ag gabháil
thar bráid dó mhaolaigh nóiméad ar an ngéarfhuadar
a bhí faoi, d'ardaigh a chaipín agus chuir de ghlaoch
as,—

'Tá do chairde i gCill Ala!'

Phrioc sé an capall agus chuir ag seifidíl agus ag
bacadaíl i gcoinne an chnoic arís é.

'Céard deir sé, a Mháirtín?'

Chuimil sé bas thar allas a mhalaí amhail is dá
mba taom laige a bhuail go tobann é.

'Na Francaigh. Deir sé go bhfuil na Francaigh tar
éis teacht i dtír i gCill Ala.'

Baineadh stad de Shaidhbhín, an dá fhód leagtha
ar bhacán a láimhe. D'imigh an ghile den tráthnóna
uirthi. D'fhéach sí suas ar a fear céile. Bhí sé ag
stánadh uaidh i gcroí an iarthair isteach mar a raibh
an spéir ina haon bhladhm dhearg amháin.

'Téigh isteach agus déan greim bia a ullmhú. Lean-
faidh mise isteach thú nuair a bhéas an scraith
mhullaigh curtha agam ar an gcruach.'

Chuaigh sí uaidh gan focal a rá, go tromchosach trí
pholl dorcha a mbothóige boichte isteach ó uaigneas
an tsléibhe.

## 2

Bhí an clapsholas á ídiú ó pholl an dorais agus Máirtín fós gan teacht isteach ón gcruach. Bhailigh sí na haibhleoga dearga le chéile ar an tinteán le maide briste, dheisigh fóda úra timpeall orthu nó gur léim na lanna buí tine in airde ag líonadh an chuid sin den bhothóg le solas glé geiteach a dhrithligh i súile na gcearc mar a raibh siad ar an bhfaradh le fad an bhalla agus gan ach an corrdhíoscán codlatach á chur uathu. Bhí an dá ghabhar ag faiteadh na súl agus iad ar théad taobh istigh den doras, agus bhí fonn codlata uirthi féin freisin, mar Shaidhbhín. B'fhada tuirsiúil an lá a bhí curtha isteach aici ag dréim leis an móin. B'fhada léi go dtiocfadh Máirtín isteach ón gcruach.

Ba dhealg i gcroí di an uirlis chaol nimhneach a bhí i bhfostú i bhfrathacha an tí os a cionn.

An mhóin a bhaint agus clann pháistí a thógáil, ba é sin a rith mar bhrionglóid i gcónaí léi. Bhí aoibhneas an phósta, mil na giniúna, ina hanam istigh. Grá fir mar fhallaing uirthi. Corp crua féithleogach an fhir idir í agus aduaine an tsléibhe. Iad beirt ag maireachtáil ar an talamh a bhí mar bheathú acu, saibhreas gréine agus talaimh á mheascadh ina bhia agus á mheilt ina bheatha sna cuislí acu, agus grá a n-anam dá chéile le corpú agus le hionchollú i gclann pháistí a raibh a ngáire ina bhrionglóid aici i gciúnas an tí de shíor. Níor leithne an saol iomlán di ná bothóg Mháirtín Dhuibh Chaomhánaigh ar an Mhoing. B'fhada léi go dtiocfadh sé isteach ón gcruach.

Pointe géar amháin a bhí ag priocadh a suaimhnis. Thuas cs a cionn a bhí sé. An píce. Lann íogair, múnlaithe ag brionglóid shimplí an fhir, namhaid do bhrionglóid na mná. I dtús an tSamhraidh a chuir Máirtín i bhfolach ins na frathacha é. Bhí deireadh le brionglóid shimplí an fhir an tráth sin, cogadh ní

raibh i gConnachta ná trácht ar chogadh, agus le
himeacht chéad-samhradh an phósta i gcumhracht an
chéad-tí orthu d'imigh an gléas troda coimhthíoch sin
i ndearmad uirthi agus shín sí ar leaba na hoíche gan
cuimhneamh go raibh an tsamhail nimhneach sin fite
i bhfrathacha an tí os a cionn.

Ag deireadh thiar tháinig sé isteach chuici, bhain
díoscán as leac an dorais ag scríobadh na mbróg faoi
mar ba ghnáth leis, thóg giobal éadaigh chun a
lámha a thriomú.

'Chuireas an scraith uirthi, a Shaidhbhín. M'anam
nach bhfuil cruach mhóna ar Shliabh an Iarainn
inchurtha léi.'

Tháinig fríd an gháire chun a béil. Leag sí an suipéar
ar an gclár chuige, las coinneal fheaga. Faoin mblaidh-
mín solais chonaic sí a aghaidh ag glioscarnach ón
nglanadh a thug sé di. Aghaidh chnámhach, an
craiceann scólta ag grian agus ag gaoth, na malaí ag
gobadh amach go tiubh dorcha os cionn na súl
aislingeach. Ghabh sé go hocrasach don bhia. Fear
cruanta ag caitheamh a shéire tar éis dó bheith ag
dréim le hobair an lae. Chuaigh séidín seirce dó faoina
hucht. Dhiúg sé siar a raibh sa mhuga in aon tarraingt
chinn amháin. Bhris gáire beag aoibhnis uirthi agus
líon sí an muga arís de thoradh an ghabhair agus is
ag slaparnach a chuaigh an bainne as an gcrúsca
amach faoi mar a bheadh sé ag scoltarnach gháire
faoi ghoile an fhir. Ba bhreá leis an ógbhean an lacht
a dháileadh ar an bhfear. Bhí an torthúlacht ann. Ní
raibh sa rud slim gangaideach faoi scáileanna an dín
os a gcionn ach aisling a gineadh go fuar in aigne
neamhthorthúil an fhir. D'fhanfadh Máirtín aici féin
faoi chuing na torthúlachta in aonteach léi, leis na
gabhair, leis na cearca.

'Ceannóimid bó teacht an earraigh,' ar seisean.

'Is fada liom go mbeidh glaicín ime dár gcuid féin
againn agus sinn beag beann ar mo mhaimí,' ar sise.
Sin a bhíodh ina ghnáthfhocal eatarthu, friotal an

tinteáin. Ní raibh sa rud eile ach speabhraídí. Cogadh
ní raibh i gConnachta ná trácht ar chogadh. A Naomh-
Mhuire 'Mháthair Dé . . . ar sise ina hintinn féin.

Bhí pictiúr beag den Stábla Beannaithe greamaithe
den bhalla. Léas solais ón Leanbh sa Mhainséar ag
lonradh ar Mhuire Ógh agus ag drithliú ar bhléin-
fhinne shíodúil na bó. Ba gheal léi i gcónaí breathnú
ar an asal agus ar bhó na n-adharc craobhach in
aonstábla leis an Máthair Bheannaithe; chuirtí i
gcuimhne di an dá ghabhar ina gcodladh ar urlár a
bothóige féin. Agus cárbh fhios nár ghearr go mbeadh
leanbh corpnocht ar ghlúin chuici féin ar an urlár
céanna. A Naomh-Mhuire 'Mháthair Dé . . . shleamh-
naigh an phaidir faoina hanáil uaithi. Ní raibh trácht
ar chogadh. Ní bheadh sé ina chogadh i gConnachta.
Dúirt an Sagart Mór nach mbeadh.

A huncail, an Sagart Mór Mistéil, a bhronn an
pictiúr orthu. Ó Louvain a thug sé go hÉirinn é tráth
bhí sé óg. *Dutchman* éigin a dhealbhaigh é, dúirt sé,
ach cé chreidfeadh an méid sin uaidh ar an Sliabh?
Níor bheag de scéalta a bhí cloiste acu faoi na *Dutchies*
agus faoin Rí Billí ach go háirithe, agus nach raibh sé
ina rún don phobal gurbh fhada amach ón sórt sin
tuiscint a bheith acu den Stábla Beannaithe agus
d'ainmhithe beannaithe na Nollag. Cé nach raibh
trácht air sa leabhrán staire a léadh sí do Mháirtín
chois tine, ba mhinic a chuala sí a hathair ag cur
síos ar an ídiú a d'imir na *Dutchies* ar bhólacht Uí
Cheallaigh ag Eachdhroim aimsir an chogaidh mhóir.
Baineadh an ceann glan bán de cholainn an Fhran-
caigh sa choimheascar sin. Bál iarainn, dúirt Johnny
Mistéil, urchar ó ghunna mór. A Naomh-Mhuire
'Mháthair Dé . . .

D'athlíon sí an muga dó. Dorn donn fireann i
ngreim ar chluais an mhuga. Cuireadh coimhthíos an
doirn sin ina luí uirthi. Dorn troda. Brionglóid mhar-
fach an fhir. Ach dúirt an Sagart Mór nach mbeadh
sé ina chogadh i gConnachta; bhí deireadh na brion-

glóide sin caite ag na hógánaigh; ní raibh sa ráiteas uafar a caitheadh chucu tráthnóna ach ráfla eile, an bhaothchaint ba nua faoi na Francaigh a bhí le teacht agus le teacht agus gan teacht dóibh go deo. Shnaidhm sí a méara ina chéile, lig an phaidir os íseal uaithi. Nár lige an Mháthair Bheannaithe do na Francaigh teacht i dtír . . .

Chuimil Máirtín droim a dhoirn dá bhéal, d'éirigh ón gclár bia.

'Rachaidh mé síos chucu, a thaisce.'

'Cá rachaidh tú, a Mháirtín?'

'Teach na scoile, cá heile? Beidh na buachaillí ag bailiú.'

'An é go mbeidh sibh ag imeacht?'

'Ní mé. Seans go mbeidh. Seans eile nach bhfuil sé ach ina ráfla gan bunús ar bith.'

D'fhan siad beirt gan breathnú ar a chéile. Labhair sí in ísle a gutha, í ag iarraidh an fhearg a bhí ag creimeadh a croí a chosc. 'Tá an píce mar ar fhág tú é. Sna frathacha thuas.'

'Damnú air mar phíce!'

Siúd leis gur leag gualainn le hursain an dorais agus d'fhan ag stánadh amach ar an oíche. 'Damnú orthu mar Fhrancaigh!' Bhí seordán feirge ina ghuth. 'Tráth bhíomar ag súil leo níor thainig siad. Tá deireadh na brionglóide sin caite againn, agus féach go dtagann siad. I gcúl na bliana. I gConnachta agus in antráth. An t-éirí amach faoi chois i Loch Garman agus gan de dhíth orainne anseo ach go ligfí dúinn ár mbeatha a stróiceadh amach tríd an saol.'

'Cén fáth a rachadh sibh chun troda más mar sin agaibh é?'

'Is cuma sa diabhal cé acu rachaimid nó nach rachaimid. Más fíor gur tháinig arm Francach i dtír chugainn, cuirfear an taobh tíre seo in aon bhladhm amháin tine agus dúnmharfa ag lucht míleata agus Yeos.'

Mhothaigh sí isteach ar an urlár chuici iad. Na

cótaí dearga, an t-iarann fuar feanntach. An t-uamhan
a thug sí ón gcliabhán léi, an eagla a mhair ar imeall
na haislinge aici ó chuir a máthair céadchogar an
fhocail ina cluais: na Yeos. D'fhair sí droim slinnéan-
ach an fhir agus dúghoirme na hoíche thar a ghualainn
amuigh. Is ar an láthair sin a cuireadh go géar i
dtuiscint di cinniúint na mban.

'Cá huair a bheas sibh ag imeacht?'

'Ní mé. Déanfaidh Robert Craigie gach rud a
shocrú.'

Ba ghráin léi an dealbh fir a shamhlaigh an t-ainm
sin di. An gob gránna Protastúnach. Mac le Craigie
Bhéal Átha Ghil. Tuairimí agus nóiseáin nua abhaile
leis ó Bhaile Átha Cliath agus ógánaigh na dúiche á
mbíogadh aige chun a n-aimhleasa. Cén mí-ádh a
thabharfadh d'fhámaire de dhuine mí-lítheach mar
Robert Craigie—dlíodóir nó aturnae de shaghas éigin
i mBaile Átha Cliath—teacht idir í féin agus fear na
haonleapa léi? Mhúch sí an mothú feirge a shéid faoi
na cíocha chuici.

'Tá go maith, más mar sin agat é. Fág agam do
chóta mór, tá cnaipe nó dhó de dhíth air. Déanfaidh
mé réidh cúpla péire stocaí duit agus léine bhreise.'

'Déan, a thaisce. M'anam gur maith an smaoin-
eamh agat é. Sea mhaise, cúpla péire stocaí—má
éiríonn sé amach ina throid againn is ag Dia amháin
atá fhios cén fhaid a leanfaidh sé.'

Chuaigh di cath ná cogadh a shamhlú. Trí na
speabhraídí staire a tháinig chuici ón seanchas agus
ón léitheoireacht, tuargaint gunnaí agus fogha cuth-
aigh na n-eachlach, ní fhaca sí ná níor chás léi ach a
fear céile amháin, é ag siúl go grod ina chóta lachtna,
na bróga troma á mbualadh faoi ar dhromchla an
tsaoil agus a dhá chois go teolaí istigh iontu faoi
chaomhaint na stocaí olla a chniotáil sí féin dó.
D'fhulaing sí pian seirce dó ina hionathar istigh.
Níorbh Fhrancach ná Éireannach a bhí ag gabháil
amach chun troda. Ach Máirtín Dubh. An té a sheal-

bhaigh a maighdeanas ar an saol seo. A Chríost, a
Thiarna Aingeal, nach géar mar chinniúint í ag mná
an tsaoil. Os ard ní dúirt sí ach,—'Sea mhaise, déan-
faidh mé réidh na stocaí duit.'

'Féach a Shaidhbhín,'—faoi mar a bheadh sé ag
gabháil a leithscéil léi—'buailfidh mé bleid chainte
ar Pheadar seo agaibhse ag Teach an Dá Urlár ar an
mbealach dom síos. Fanfaidh seisean sa bhaile, nó
níl sé in aois ná in inmhe don tasc seo againn, agus
iarrfaidh mé air dul i mbun an mhóin a dhíol dom
fhad a bheas mé féin ar shiúl.'

Thuig sí ansin go raibh sé ina rún daingean aige,
go raibh sé tar éis a smaointe a dhéanamh ar fhios
fátha an scéil go léir le linn dó an scraith a chur ar an
gcruach amuigh. Bhí a chomhairle glactha aige i gan
fhios di. Ba é sin an smaoineamh a chuaigh sa bheo
inti. Agus é ansin anois ag coimeád a dhroma léi
agus ag labhairt go leithscéalach thar a ghualainn léi.
Céadchogar an easaontais eatarthu.

'Tá sé chomh maith agam bualadh síos chucu, a
thaisce.'

Bhog sé ón doras faoi dheireadh agus d'imigh leis.
Chuaigh sí ar a glúine. Taobh na leapa a chuaigh sí,
an leaba chlúimh a bhí sinte ar an talamh sa chlúid;
ó Theach an Dá Urlár a tháinig an tocht, cuid den
spré a rug sí aníos léi go teach Mháirtín ar an Mhoing.
Níor fhéad sí an phaidir a mhealladh go barr a teanga.
Tallann laige a thit uirthi, taom croí-thinnis, nó gur
bhuail sí ceann agus ucht fúithi ar léinseach bhog na
leapa. Racht goil ag réabadh faoina heasnacha.

I dteach na scoile a bhí siad cruinnithe, an bothán
chomhair a bheith lán díobh agus é ina aon ghlóiréis
chainte agus síorargóinte, cuid acu ina seasamh thart
ar an mbladhaire bhreá de thine i lár an urláir, cuid
acu ina suí ar charn móna sa chúinne nó ar na clocha
móra agus ar na scraitheanna feoite a bhí mar shuíoch-
áin ag na scoláirí i rith an lae. Bhí dhá choinneal ar
lasadh ar an mbord mar a raibh Robert Craigie, Mr
Ormsby ón Sruthán agus an Máistir scoile, iad ag
léamh agus ag scríobh, ag caint os íseal, agus ag
grinndearcadh na léarscáile a bhí spréite amach ar an
gclár. Ach chuaigh de na coinnle bua solais a bhreith
leo ar dheatach an tseomra a raibh stríoca dearga ón
tine fite tríd agus aghaidheanna agus foilt na bhfear
á ndealbhú aige ón dorchacht amach. 'Cill Ala.'
Focal a bhí ar bhéal gach éinne. Bhlais siad an focal
arís agus arís eile ina gcuid allagair; bhí an t-áthas
agus an t-uamhan measctha ina chéile ann; bhí sé
ina fhocal geal nua acu, ceol sna consain leachtacha,
draíocht sa logainm. Bhí tosach eachtra san ainm sin.
   Ghabh Máirtín Dúbh Caomhánach isteach agus
sheas ar chiumhais an tsolais agus ar imeall na
glóiréise taobh istigh den doras. Dingeadh na hainm-
neacha nua isteach ar a intinn ón dordán. 'Cill Ala.'
'Na Francaigh.' Agus an t-ainm coimhthíoch a chuala
sé anois den chéad uair—'Humbert'. Chuir coimh-
thíos an ainm sin colg éigin ar a anam istigh. An
mórshaol amuigh ag briseadh isteach air. Mar bheadh
géire na maidine ag briseadh isteach ar chlufaireacht
shínte na hoíche.
   D'aithin Lúcás Mistéil é trí smúit an tsolais agus
chuir glaoch air. 'Gabh isteach chugainn, a ghiolla
shalaigh na móna, agus ná bí i do sheasamh ansin
mar bheadh fear déirce ag fleá thórraimh!' Ógánach

aigeantach ab ea Lúcás, deartháir do Shaidhbhín, friotal na meidhre go deo ina bhéal aige.

'Cé chaoi a bhfuil an mhóin agat, a Mháirtín?' d'fhiafraigh Peadar Siúrtáin.

'Ní gearánta dom. Chuireas an scraith mullaigh ar an gcruach tráthnóna.'

Bhris an gáire magaidh ar Lúcás Mistéil. 'Ní dhéanfainn dabht díot, a Mháirtín Dhuibh. Féachaigí, a bhuachaillí— tagann arm na Fraince i dtír i gCill Ala agus leanann an mac seo air de bheith ag cruacháil móna!'

Bhuail Máirtín na mása faoi ar an urlár ina measc, thug a aghaidh dhúrúnda ar an tine. 'Cén scéala agaibh? An fíor gur thángadar?'

'Thángadar. Sea mhaise gur thángadar,' d'fhreagair Taimí Mac Niallais, plucaire d'ógfhear a raibh a aghaidh breacdhaite le bricíní gréine agus glibíní rua gruaige de shíor ag titim idir na súile aige. 'Bhí mé féin thíos ag Droim na Finníola ar maidin agus bhí sráid an aonaigh in aon siosma cainte ag trácht ar na Francaigh. Bhíothas á rá gur tháinig Bonaparte féin i dtír ag Cill Ala agus deich míle fear ar an láthair leis. Ní raibh glaoch ar bith ar eallach ar an aonach mar táthar á rá go bhfuil an Bonaparte seo chun eallach na tíre a ghabháil go héigeanta chuige féin chun an lucht troda a bheathú. Cheannaigh mé dhá bhullán do Mr Ormsby—"

'Greadadh i do bhléin, a Thaimí, tú féin agus do chuid bullán! Céard eile a chuala tú i dtaobh ionradh na bhFrancach?'

'Sin atá agam á rá leat. Nuair a bhí mé i ngleic argóinte leis an seanduine a raibh na bulláin aige, cé ghabhfadh an tsráid aníos ach Púicín Mac an Bhaird an Bailéadaí. Suas leis ar thrasnán cairte gur thosaigh ar bhailéad a ghabháil—níor thug mé na focail go cruinn liom, ach ba é brí a scéil gur tháinig na trí cinn de loingeas cogaidh trí bhéal Chuan Chill Ala isteach agus brat Shasana ar foluain ó na seolchrainn orthu. Tháinig an baile go léir ina phlód amach ar na céanna ag déanamh iontais den chabhlach Ghallda a bhí ag déanamh isteach orthu, agus céard deir tú ná gur baineadh brat Shasana díobh i bhfaiteadh na súl anuas agus gur ardaíodh brat trídhathach na Fraince—"an *tricolore* gan smál," thug Púicín air. Chloisfeá tráithnín ag titim ar shráid an aonaigh de mhéid na scéine croí a ghabh a raibh i láthair ag éisteacht le Púicín ag stealladh an bhailéid de. Bhíothas á rá ina dhiaidh sin go mbeadh sé ina chogadh dearg a loiscfeadh féarach is a lasfadh díon. Bhíothas á rá go ngabhfadh an dá thaobh seilbh ar na ba agus ar na caoirigh, ar gach ubh, gach práta agus gach glaicín ime sa dúiche chun an lucht troda a bheathú, agus go maróidís na beithígh ina sluaite gan áireamh mar a rinne na *Dutchies* ag Eachdhroim an Áir, agus bhíothas á rá gur chuma cén toradh a bheadh air mar chogadh gurbh iad na daoine a dhíolfadh as.'

'Ní dhéanfadh na Francaigh an sórt sin,' arsa Peadar Siúrtáin, duine blagaideach diaganta a raibh cur amach ar an saol mór aige. 'Tá an deamocrasaí acu. Is mór an rud é an deamocrasaí. Ní thuigeann na daoine é.'

'*Liberté, égalité, fraternité*—nó cic sa tóin,' arsa an Foghlaeir Flannagáin, a raibh bua na dteangacha aige. Péire de mháirtíní a bhí ar a chosa agus an ghal ag éirí aníos uathu faoi theas na tine.

'D'imigh sé glan amach as mo chloigeann an bailéad a cheannach ó Phúicín. Ach is cuimhin liom an tiún,' arsa Taimí Mac Niallais agus lámh leis ag méaradh siar chun breith ar a fhideog a bhí i bpóca eireaball a chasóige.

Sháigh Lúcás Mistéil sáil a bhróige i gcroí na tine gur chuir cith sprinlíní aisti aníos. 'Ceol agaibh, bulláin agaibh, agus cruacháil móna—m'anam don iasc ach cén sort daoine sibh ar chor ar bith?'

'Bíodh foighne agat, a Lúcáis,' arsa Máirtín. 'Beidh

an scéala go léir go beacht ag Robert Craigie.'

D'fhéach siad anonn chuig an mbord mar a raibh
Robert Craigie ina shuí, a aghaidh ghránna throm-
ghiallach cromtha thar an léarscáil. Chuir Máirtín
suntas ann, chonaic an mhéar bhán gona phaistín de
ghruaig gharbh ag leanúint de línte na léarscáile.
Fámaire d'fhear a raibh an croí ina chléibh chomh
fuar le fód báite, dar le Saidhbhín; ach bhí a mhalairt
d'aithne ag Máirtín air. Is ag obair do Chraigie Bhéal
Átha Ghil a bhí sé sular pósadh é, agus ba chuimhin
leis an oíche i dtús an tSamhraidh nuair a tháinig an
Máistir Robert abhaile ó Bhaile Átha Cliath agus gan
coinne ar bith leis. Ba chuimhin leis an tráthnóna a
chonaic sé an Máistir Robert i gcró an adhmaid, é ar
still mire ag gabháil den tua ar na bloic, na scealpóga
á raideadh soir siar le gach buille aige agus gach mall-
acht ba theanntásaí ná a chéile ag scinneadh amach
idir na clárfhiacla air. Thuig Máirtín Dubh mo dhuine
an tráthnóna sin. Aturnae ab ea é, é pósta agus teach
galánta aige sa chathair thuas. Bhí dlúthbhaint aige
leis an Tiarna Éamonn Mac Gearailt, a maraíodh.
D'imir sé a fhíoch ar na bloic adhmaid.

'Seo chugainn an tAthair Eoghan.'

Tháinig an Sagart Mór Mistéil faoin solas isteach.
Glibeanna geala a sheanfhoilt ar fhis faoi imeall a
hata, seál dubh thar a ghuaillí, bata draighin ag
cabhrú lena choisíocht. D'éirigh Robert Craigie agus
Mr Ormsby ag cur fáilte roimhe.

'Céard é an scéala seo againn?'

'Dea-scéala, Mr Mistéil. Flít Francach a tháinig
chugainn. Fuair mé níos mó ná an tuarascáil amháin
ó Chontae Shligigh—tá an Máistir Scoile á ríomh le
chéile in aon ráiteas amháin dom.'

Shuigh an sagart chuig an mbord, leag súil ar
pheannaíocht an Mháistir, í cruinn, craobhach,
pinnsilteach; thug sé faoi deara an chinnlitir ornáid-
each i dtús an fhocail 'Cill Ala'. 'Féach a Mhánais,'
ar seisean, 'ní dhéanfainn dabht díobh mar Fhran-

caigh. Toghann siad riamh na háiteanna is fileata ainm chun a gcuid cathanna a thabhairt—Cill Ala, Crécy, Roncesvalles, Fontenoy, Fontarabbia—'

'Eachdhroim,' chuir an Máistir leis nó gur shéid sé gaineamh a thriomaithe thar an leathanach.

Thug Robert Craigie nod dá Leifteanant, Mr Ormsby, scrogaire duine a raibh a mhuineál neirbhíseach ag gobadh aníos as a cheirtlín scornaí. D'éirigh sé, chuir faghairt insan ghíog bheag ghutha a bhí aige.—

'A Éireannacha Aontaithe, luígí isteach!'

Thostaigh siad, shocraigh iad féin i ranganna os comhair an bhoird amach. Bhí trí mhí ann ó sheas siad san eagraíocht sin, agus ba leamh an blas a fuair an Caomhánach uirthi mar eagraíocht. Lúcás taobh leis agus an Foghlaeir Flannagáin ar an taobh eile. Chaoch an Foghlaeir a shúil air ag déanamh cuma-sa-diabhal den scéal ar fad. D'éirigh Robert Craigie go tóinleathan ina sheasamh, thóg an cháipéis ó n Máistir agus chrom air á léamh amach dóibh.

'A Éireannacha Aontaithe Chontae Liatroma! Tá ar gcomhghuaillithe cróga, na Francaigh, tar éis seilbh a ghabháil ar Chill Ala.'

Scaoileadh na focail go tuathalach faoi na fiacla móra amach uaidh. Ba chodramánta mar shaighdiúir é, agus níor fheil an chasóg ghlas gona cnaipí práis dá chabhail thoirtiúil. Mhothaigh Máirtín Dubh Caomhánach faoi mar nach mbeadh insna gnóthaí go léir ach geamaireacht malrach agus cur i gcéill.

Bhí an Sagart Mór Mistéil ina sheasamh agus é cromtha thar chois a mhaide ag grinndearcadh aghaidheanna na bhfear.

'Trí cinn de longa cogaidh a tháinig, míle fear ar bord acu faoi cheannas an Ghinearáil Humbert. D'fhág siad La Rochelle ar an 6ú Lúnasa gur ghabh siad cuan agus ród i mBá Chill Choimín taobh le Cill Ala inné an 22ú Lúnasa.'

Míle fear. Chuaigh séideadh lagmhisnigh le fad an

tseomra. Chuala Máirtín na hagaill chaidéise ag
gabháil thairis. 'La Rochelle, sea go deimhin tá sin
ann, cuan breá,' arsa Peadar Siúrtáin. 'Thiocfadh le
míle fear cuid mhaith a dhéanamh ach iad a bheith
fiúntach,' arsa Seán Willí De Brún. 'Chuile dhíomá
ormsa,' arsa an Foghlaeir, 'ní thiocfadh leo bó
bhradach a dhíbirt as cuibhreann coirce gan fiú
trácht ar na Gaill a ruaigeadh as Éirinn Chuinn!'
Chuir Robert Craigie teanntás ina ghlór.—

'Ach tá an dara fórsa, trí mhíle fear faoi cheannas
an Ghinearáil Hardy le teacht gan mhoill ó Brest. Is
ina dhiaidh sin a chuirfear an mórshlua chun bealaigh,
ocht míle fear faoi cheannas an Ghinearáil Kilmaine,
Ard-Cheannasaí Arm na Fraince—'

Chroch Lúcás Mistéil an uaillgháir chaithréimeach
suas. Siúd leis an gcomplacht go léir sa liúrach. Séard
a rinne Taimí Mac Niallais ná a fhideog a tharraingt
as eireaball a chasóige nó gur chuir sé nótaí glinne ag
sclimpirneach—*Cuirtear an Crann*. Thosaigh Jack
Duprat ag tionlacan an cheoil de bheith ag druma-
dóireacht le hailt a mhéar ar chlár an dorais. Bhí an
Sagart Mór ag fuastráil faoina sheál nó gur aimsigh
sé a naipcín dearg agus gur shéid sé a shrón le brí.
Chonacthas luisne sa cheannaghaidh ag Robert
Craigie agus cuma ar a dhrabhas go raibh sé ag
iarraidh drannadh beag aoibhnis a cheilt. Chroith
Máirtín lámh le Lúcás a bhí ag croitheadh lámh le
gach duine thart air, agus níor fhéad sé gan an aoibh
bheag dhoicheallach a ligean chun a bhéil féin. Ocht
míle fear. Thiocfadh le hocht míle fear beart fiúntach
a chur i gcríoch. Dá dtagaidís.

Ba mhór go deo an dua a bhí ar Mr Ormsby ag
iarraidh an ceol agus an drumadóireacht agus an
gealchomhrá a shíothlú. Lean Robert Craigie air
ansin.

'Thug fórsa an Ghinearáil Humbert fogha faoi
Chill Ala, sháraigh siad an namhaid, ghabh siad
seilbh an bhaile. Chuir sé an Caisleán i bhfearas mar

dhúnáras dó féin, chnuasaigh sé a lastas catha agus a lón cogaidh isteach ann. Cheana féin, tá na sluaite d'Éireannaigh Aontaithe ó Chontae Shligigh agus ó Chontae Mhaigh Eo ag brostú go Cill Ala chun cuidiú leis. Thug an Ginearál Humbert trí mhíle muscaed anall leis chun iad a dháileadh ar óglaigh na hÉireann, agus míle culaith mhíleata de chuid Arm na Fraince—'

Bhris an siansán cainte orthu athuair. Éidí catha agus cultacha míleata le bronnadh orthu. Ba mhóide a meas air mar Humbert.

'A Mháirtín a chailleach,' arsa an Foghlaeir, 'ní aithneoidh mo mhaimí a maicín mánla faoi chulaith mhíleata.' Firín geancach a bhí ann agus é deargshúileach ó dheatach a bhothóige; ag póitseáil coiníní ar thailte na dTithe Móra a chaitheadh sé a shaol, agus ag coinnleoireacht agus ag duántacht oíche ar na bric agus ar na bradáin, nó go ndíoladh sé an chreach ó dhoras go doras sna bailte móra.

'Seans, a Fhoghlaeir, gurb í an chéad chulaith táilliúra a chuaigh riamh ar do chreatlach,' arsa Taimí Mac Niallais.

'Maise scread mhaidine ort, a ghlagaire shalaigh de ghiolla bullán, nó chonaic mise an lá thú nach raibh screatall na ngrást de bhríste faoi d'íochtar ach an giobal blaincéid ón leaba aníos.'

'Ainm an Tiarna, scoir den chabaireacht chainte sin agat,' arsa Peadar Siúrtáin agus gothadh feirge air. Bhí conablach chnámhach a aghaidhe dealfa amach mar a bheadh naomh ar leabhrán urnaithe agus plucamas a bhlagaide á bhagairt go confach aige ar an bhFoghlaeir. 'Bíodh a fhios agat nach chun teilgean cainte na dtincéirí a chaitheamh a thángamar le chéile an oíche bheannaithe seo, ach chun éirí amach.'

'Chuile dhíomá ormsa,' arsa an Foghlaeir, 'ach is mise go díreach a éireos amach má leanann an bricíneach bodaigh sin de bheith ag spochadh asam.'

Bhí Lúcás beag beann ar an gcomhrá ach é ina

sheasamh go crannrighin colpach agus a smig san aer;
b'fhacthas do Mháirtín go raibh éide mhíleata na
Fraince á caitheamh cheana féin ag a dheartháir
céile ina aigne istigh. Tháinig Saidhbhín i gcuimhne
dó: í go dícheallach sa bhaile ag fuáil na gcnaipí ar a
chóta lachtna: mhair sé nóiméad idir seirfean agus
cumha an smaoinimh.

Bhí Robert Craigie ag cur uaidh arís. 'Tá sé soc-
raithe againne, na reachtairí, go ngluaisfidh an
complacht seo siar go Cill Ala maidin amárach chun
dul faoi bhrat an Ghinearáil Humbert. Pé ar bith
duine—ciúinigí más é bhur dtoil é, éistigí liom
nóiméad—duine ar bith agaibh a bhfuil cúram tí nó
clainne air, cead aige fanacht sa bhaile nó go gcuirtear
an t-éirí amach faoi lánseol go ginearálta sa Chontae
seo. Iarrfaidh mé anois ar Mr Ormsby an rolla a
ghlaoch: gach duine atá toilteanach imeacht linn i
mbéal maidine, freagraíodh sé "Sea" nuair a ghlaotar
san ainm air.'

'Mhaise, a Chaptaein a chailleach, ná bac leis mar
rolla,' arsa an Foghlaeir Flannagáin. 'Th'anam istigh,
nach mbeimid go léir leat?'

'Rachaimid go léir!' ghlaoigh Lúcás ar bhuaic a
ghutha.

'Nár chóra duit labhairt ar do shon féin, a Mhis-
téalaigh?' arsa Peadar Siúrtáin agus malaí na míshas-
tacha leis.

'Cén gramhas sin agat, a Naomh Peadar? An é
nach bhfuil ionat ach duine beag scallta tar éis an
tsaoil?' d'fhiafraigh an Foghlaeir.

'Déanfaidh me cion fir chomh maith le duine ar
bith eile, agus Mac Muire ag cuidiú liom,' d'fhreagair
an Siúrtánach go giorraisc. 'Ach 'sé is ciall leis an
deamocrasaí ná go mbeadh cead labhartha ag gach
éinne ar a shon fein.' D'ardaigh sé idir bhlagaid agus
ghuth aige. 'A Chaptaein Craigie, rachaidh Peadar
Aibhistín Siúrtáin in éineacht leat, agus Dia féin go
raibh dár gcumhdach uile in am an ghátair.'

Bhog Sonaí Mac Reachtain an tIománaí chun tosaigh agus labhair go réchúiseach mar ba dhual dó. 'Rachaidh mé leat, Mr Craigie, agus Antoine in éineacht liom.' Nuair a chuala siad Sonaí Bán ag cur de chomh fáilí sin bhrúigh siad go léir chun tosaigh ag rá go rachaidís. Bhíog Taimí Mac Niallais fonn ar an bhfideog arís agus d'imir Jack Duprat a chuid drumadóireachta ar an doras. Chroch siad go léir an t-amhrán suas: *Cuirtear an Crann.* Amhrán máirseála, glórtha garbha, smúit dheataigh agus deargbhladhm thine,—*Cuirtear, Cuirtear Crann na Saoirse,* —aghaidh sagairt agus gob Protastúnach in aisling na gcoinnle, snáithín cheol na fideoige á shníomh tríd an ngleo, an mhúscailt anama á riaradh le binb ag Jack Duprat agus gach dreas dornaíochta ba chliste ná a chéile á imirt aige ar chlár dhoras na scoile-chois-chlaí. Rinne Máirtín iontas de Jack Duprat. Gasúr deas cothrom nach raibh an t-ochtú bliain déag slánaithe go fóill aige agus é ina phrintíseach táilliúra i mbaile mór Droim na Seanbhoth. Ní raibh de dhrumadóir foirfe ar an Sliabh ach é, agus ní raibh rud ar bith ag déanamh tinnis dó an oíche sin ach nár thug sé an ciotaldroma aníos leis. Ba dheas soineanta simplí mar réabhlóidí é.

Sheas Máirtín ina staic, lig don gharbhcheol dul ina rabharta thairis, níor ardaigh a ghuth chun Crann na Saoirse—cibé ar bith planda a bheadh ansin—a chur. É idir an dá chogar. É ag meabhrú ar chora an tsaoil. Ar a athair is mó a rinne sé a mhachnamh. Ar chosa tárnochta oíche a athar. Máistir scoile-chois-chlaí ab ea é. Chrochadar é. Aimsir na Whiteboys. As caraí cairte a chrochadar é. Ní raibh de chuimhne ag Máirtín ar a athair ach na cosa bána nochta faoi mar a bheidís ar snámh san aer giota os cionn an talaimh.

'Cén dubhachas sin ort, a Mháirtín?' chuir Lúcás isteach air. 'An amhlaidh nach bhfuil tú le bheith i do chúlpháirtí againn?'

Ar a bhothóg a bhí sé ag smaoineamh. B'fhurasta do Lúcás bheith ag caint—athair agus máthair sa bhaile aige agus beirt dheartháir ní ba óige ná é chun cúram agus cosaint an tinteáin a ghlacadh. Ach Saidhbhín, ní raibh comharsa a caomhnaithe i ngiorracht dhá mhíle slí di in aduantas na Moinge thuas.

'Rachaidh mé libh,' ar seisean.

'Dar a bhfuil ag an bPápa beidh spraoi againn!' arsa an Foghlaeir Flannagáin.

Ar an gcosán abhaile do Mháirtín chonaic sé na tinte ag glinniúint ar shléibhte Shligigh i bhfad uaidh siar. Na bothóga trí thine cheana féin, an chéad rud a rith ina cheann. Ach i gceann tamaill tháinig tuiscint na hollchoinnleoireachta oíche sin dó. Tinte cnámh ag fáiltiú roimh an bhflít.

## 4

Fuarán beag gaoithe thar an urlár anall a mhúscail é. Bhí an dorchacht fós faoi na frathacha ach bhí ribe beag solais ag drithliú faoi bhun an dorais isteach. Bhí sí sínte ina codladh taobh leis, gruaig na hoíche scáinte thar a leiceann.

Cill Ala. Tháinig an focal go tobann i gcuimhne dó. Agus na huaillghártha a thóg siad. 'Rachaimid go léir, a Chaptaein.' Thabharfadh sé cuid mhaith dá mba ghnáth-lá oibre a bhí á thuar dóibh beirt ag fionn-fháistine na maidine seo.

Thuas ar an bhfara chroith an coileach a chuid eiteog go fuastrach agus chuir scairt na maidine as. Chorraigh an ógbhean ina codladh agus chúb go teolaí chuici féin i gcluthaireacht na leapa. Bhog an t-ógfhear amach ar an urlár gur tharraing uime a ghlúinbhríste. D'fhadaigh sé spleotán beag tine ó choigilt na hoíche, dheisigh fóda úra thart air agus

chroch an pota leitean os a gcionn. Ní raibh de
shamhail ar a Shaidhbhín ach girseach sé bliana dhé-
ag agus í cuachta sa chlúmh faoi thoirchim suain. A
chóta lachtna féin a bhí caite ina chuilt thar an leaba.

Siúd amach cosnochta faoi fhionnuaire na maidine
é. Réalta na camaoireach ag sileadh solais, spéartha
an oirthir ag gealadh, an lá nua mar a bheadh
steancán airgid á dhoirteadh ar an saol. Thíos faoi
bhí ollghleann Loch Ailín ina fharraige mhór bhán ag
ceo an Fhómhair agus na haillte dorcha san iarthar ag
gobadh aníos aisti ina n-oileáin dhuaibhseacha gan
iúl gan aithne. Sheas sé ag binn a bhothóige ag
dearcadh orthu. Ba dheacair a shamhlú go raibh an
neach beo ag corraí taobh thiar de na haillte sin agus
an bás á ullmhú dá chéile ag an Ádhamhchlann. Ba
dheacair sin.

Thug sé tlámán féir thirim don asal sa chró beag a
bhí feistithe dó faoi bhinn na cruaiche móna. Nár
sheascair an saol ag asal é, an tsrón sáite idir an dá
ghlúin aige agus na cluasa fada gan bheith á mbodh-
radh ag an síorchaibidil dhaonna,—aontú, saoirse,
deamocrasaí, éirí amach. Leag sé lámh ar an gcruach
dhubh faoina caipín glas drúcht-drithleach. Ba leis
féin í, rud nua a chruthaigh sé as neart a ghéag agus
as allas a mhalaí. Cén bhaint a bheadh aigesean le
tormán gunnaí, le finscéalaíocht chatha agus chog-
aidh? Cén chiall a bhainfeadh seisean, Máirtín Dubh
Caomhánach, as geamaireacht an tsaighdiúra ina
chulaith dhaite? D'ibh sé aer an tsléibhe isteach ina
scamhóga, lig an anáil go confach trína fhiacla amach.
Damnú air mar éirí amach.

Bhí sí ag fáisceadh bhunchóta an Domhnaigh uimpi
nuair a d'fhill sé. Bunchóta den bhréidín dearg a bhí
ann, é síos go caola na gcos léi agus stríoca dubha
fite thart faoin imeall. Ba gheall le hionmhas ón Rí
chuige í ar urlár crédhorcha na bothóige.

'Tá sé ina cheo acu thíos,' ar seisean.

'Scaipfidh sé le grian,' ar sise.

Siúd leo ar a nglúine chois na leapa chun an phaidir bhéal maidine a rá. Stad na gabhair de bheith ag meigeallach, ní raibh gíog as an cearca, d'fhan an coileach fiú amháin ina thost; d'aithin na creatúirí balbha tráth na hurnaí agus an lánúin dhaonna chois sheanleaba na hÁdhamhchlainne á cur féin i láthair na síoraíochta. 'A Naomh-Mhuire a Mháthair Dé, guigh orainn lucht an pheaca anois agus i dtráth ár mbuanéaga. Ámen.'

Chuaigh sí i mbun na gabhair a bhleán, tharraing ar na siní caola agus ba ghearr go raibh an lacht ag sioscadh isteach sa mheadar chuici. Tharraing seisean a chuid stocaí air. Chonaic sé go raibh gairtéil nua cniotáilte aici dó agus giota de ribín glas ar sileadh astu. 'Leoga, a thaisce, nach galánta an bhail a chuirfeá orm?' ar seisean.

'An é a cheapfá go ligfinn amach tríd an saol thú i do bhacach bóthair?'

D'fháisc sé na bróga troma taistil air, iad bealaithe go cúramach agus taoscán maith de thairní buailte isteach sna boinn. Bhí cuid mhaith aige le rá léi. D'amharc sé i leith uirthi mar a raibh sí ar a gogaide agus a leiceann leagtha le maothán gruaigeach an ghabhair.

'Seans go n-éireoidh sé ina lá geal,' ar seisean. Leite mhin choirce a bhí acu sna miasa maide a rug sí léi ó Theach an Dá Urlár, giota ime ar snámh ar an leite agus gogán bainne an duine. Bhrúigh sí a thuilleadh den bhia air, ghlac sé uaithi é, ag déanamh rud uirthi, cé nach raibh toil ar bith aige dó, cnapán an doichill a bhí ina scornach. Ba bheag de phroinn a rinne sise ach súgradh leis an spúnóg.

'Chuile sheans go mbeidh sé ina lá geal,' ar seiseant Shín sé é féin ina sheasamh, chuir uime a bheis. agus rinne a cheirtlín a fheistiú faoina smig. Ar ghile an tsneachta a bhí sé nite aici dó. Chuaigh sise amach chun a haghaidh a ní sa dabhach de bhog-uisce ag binn an tí agus chun a cuid gruaige a chíoradh ag

breathnú san uisce di mar a bheadh scáthán aici ann.
Is sa scáthán sin a rinne sí iontas dí féin gach maidin
gheal ó pósadh í. Saidhbhín Johnny Mistéil. Bean
Mháirtín Dhuibh. Nochtadh an aghaidh agus an
teideal di ón dabhach aníos.

Sheas seisean ar an mbord istigh gur thóg sé anuas
an píce. Chrom sé ar é a ghlanadh le giobal éadaigh,
ach tuigeadh i dtobainne dó go raibh sé sciomartha
snoite cheana féin aici—an lann shlim d'iarann an
ghabha, an tua chloigeann-scoilteach gona crúicín
géar, an maide fada crónbhuí den leamhán sléibhe—
bhí snas an bhanachais tí le sonrú ar an iomlán.
D'fhan ina staic agus an t-arm coimhthíoch úd ina
ghlaic. Nuair a ghabh sí isteach is mar sin a fuair sí
roimpi é agus na súile liatha aislingeacha ag stánadh
uirthi faoi na malaí dorcha amach.

'Chuimil tú giobal den phíce, A Shaidhbhín?'

'Chuimil.'

Thóg sé a chóta lachtna den leaba agus chuir air é.
Is ansin a thug sé faoi deara go raibh na seanchnaipí
go léir bainte de agus cnaipí geala práis fuaite isteach
ina n-ionad.

'Féach, a chailín, nach gnóthach a bhí tú san oíche
aréir.'

'Is maith liom tú sásta.'

Bhí sí ag feistiú na fallainge thar a guaillí, fallaing
olla ar ghoirme bhláth an lín a cheannaigh sé di ar
shráid an aonaigh i nDroim na Seanbhoth. Ní mó ná
sásta a bhí sí leis an ngoirme sin de bhrí nach raibh
sí ag réiteach le deirge a bunchóta, ach ní ligfeadh sí
an rún sin leis ar ór an tsaoil. B'fhearr léi go mór an
seáilín bán den síoda Indiach a cheannaigh sí ó Eilís
an Chiseáin lá a ghabh sí thar bráid.

'Tá an ghrian ina suí, a thaisce. Ní mór dúinn bheith
ag bogadh linn.'

'Coimeád na cearca isteach ón doras go scaoilfidh
mé na gabhair.'

Mhúin sé a mbéasa do na cearca clamparacha le

cois an phíce. Scaoil sí an ceangal ar na gabhair, d'oscail an doras, agus siúd amach leo ag pocléimneach le macnas maidine faoi shaoirse an tsléibhe. Shocraigh an t-ógfhear a hata béabhair ar a cheann, chuir strapaí a phaca thar a ghualainn. Bhí eireoigín rósta ann, banóga aráin, uibheacha beirithe, gogán maide, stocaí, léine bhreise—chuile rud a cheap sí a bheadh de dhíth ar a fear céile ag gabháil amach dó chun an chogaidh mhóir. Tháinig céad-luisne na gréine ag sní isteach thar thairseach an dorais chucu. Thug sé súilfhéachaint thart ar a raibh aige idir ballaí an tsaoil. Choimeád sise na beola leathana aici brúite ar a chéile. Chroith sí an t-uisce coisricthe orthu beirt agus ghearr siad figiúr na croise go maolscríobach orthu féin.

Ghabh siad amach, iad ag gearradh scáileanna i ndeirge éirí na gréine. Chuir sí an ceangal ar an doras, ag dúnadh scoltarnach na gcearc isteach. Chas siad thar bhinn an tí agus siúd leo trí anchuimse na maidine, grian abhalmhór ar a gcúl agus a gcuid scáileanna sínte le fána rompu. Caonach an tsléibhe faoi bhréidiomar drúchta. Tháinig an chaint chuici.

'Is fearr na cearca a fhágáil istigh nó go bhfillfidh mé abhaile. Thiocfadh an sionnach orthu.'

'Rinne tú an rud ceart, a thaisce. Rinne sin.'

Fuiseog caillte thuas i gceo geal an tsolais agus sprinlíní ceoil á spré uaithi ag fáiltiú roimh lá eile ar an Sliabh. Ba thromchroíoch, ba thromchosach sa siúl é, an uirlis nár chleacht sé crochta ar a ghualainn, sciortaí an chóta lachtna á mbualadh ar cholpaí a chos. Thug sé sracfhéachaint uirthi. An dá shúil dírithe roimpi, iad ar ghoirme bhláth an lín. An fáth gur cheannaigh sé an fhallaing di. Ba mhaith leis focal fileata a chumadh d'áilleacht na súl sin aici. A athair féin, grásta ó Dhia air, bhí ainm na filíochta air tráth den saol.

'A Shaidhbhín,' ar seisean, 'A Shaidhbhín a thaisce, ar fhág tú aon ghreim bia istigh ag na cearca?'

Ba gheall le lá aonaigh é nó lá mór iomána lena raibh de dhaoine bailithe ag an gCrosaire. Bhí na malraigh ag scinneadh agus ag sciorradh isteach is amach tríd an muintir chríonna, iad ag léimneach thar na claíocha, ag troid agus ag tabhairt ionsaithe ar a chéile agus madra gearr an Fhoghlaera sa rith leo agus sa ghlóraíl agus sa titim tóin-thar-ceann ar a sháimhín só. Cuid acu ag bobaireacht ar Abbaí Amadán. 'Bullaí fir, ' Abbaí!' deiridís, 'bhfuil tú ag brath imeacht chun an chogaidh mhóir?' Cuid acu ag strapadóireacht mar mhoncaithe ar Fhuinseog an Chrosaire go bhfeicfidís cé eile de na réabhlóidithe a bhí ag teacht. 'Seo chugainn Máirtín Dubh Caomhánach! Ó a Thiarna Aingeal, nach é an coirnéal críochnaithe é!' Cuid acu ag brú thart faoi Jack Duprat a raibh an ciotaldroma i bhfearas air agus é ag gabháil go hacfainneach de na maidí air. Ba le Buíon Cheol Dhroim na Seanbhoth an droma, agus seans maith gur i gan fhios do Mháistir na Buíne a bhí sé gafa ag Jack leis chun an chogaidh mhóir. Bhí cam-mhuin ar Thaimí Mac Niallais agus é ar a dhícheall séidte ag gabháil don fhideog, é féin agus Jack ag cur ceol-aithne ar a chéile ag bun na Fuinseoige agus iad ag baint binbe as *An tSeanbhean Bhocht*. Sea mhaise, bhí preabadh beag ar an saol an mhaidin sin ach go háirithe.

'Nárbh fhearr duit an fhallaing sin a chur thar do cheann, a Shaidhbhín?' arsa Bean Johnny Mistéil, 'nó tá goimh sa mhaidin.' Boinéad eiteogach den bheilbhitín dubh a bhí uirthi féin agus tús áite aice ar mhná an bhaile.

'Mhaise ní tada dúinn é, a mháthair. Éireoidh sé ina lá te.'

Rinne an mháthair meangadh beag doicheallach

gáire i leith Mháirtín, agus threoraigh sí Saidhbhín
isteach i measc leathphobal na mban. Bhagair Johnny
Mistéil a cheann ar Mháirtín ón taobh eile den stráid
agus rug leis é i bhfód faoi leith. Fear aigeantach ab
ea Johnny, é gléasta go scrupallach, meigillín féas-
óige ar sileadh leis agus é chomh briosc leis an
gcoileach ar a dhá chois.

'Ná tóg orm é, a Mháirtín. Cúpla scilling duit féin
don bhóthar mór,' agus bhrúigh sé spaga beag airgid
isteach i gcroí a bhoise.

'Ariú, nach róchineálta an mhaise agat.'

'Ní fiú trácht air, a bhuachaill. Grásta ó Dhia le
hanam d'athar, ach is air a bheadh an iúcháir sibh a
fheiceáil ag éirí amach don bhóthar an mhaidin seo.'

Bhí an Máistir Ó Dónaill ina shuí ar an gCloch
Leathan agus scata seanóirí ina theannta, iad ag
breithniú na haimsire agus ag cur is ag cúiteamh cé
acu bóthar ab fhearr agus cé acu bóthar ba ghiorra
ón Sliabh siar go Cill Ala. Bhí a insint féin ag gach
duine acu ar an scéal, gach seanóir acu ina údarás
cruthanta agus iad confach go maith san argóint, cé
nár thug a ghnóthaí saolta do dhuine ar bith acu dul
chomh fada sin ó bhaile lena bheo. Bhi múisiam éigin
ag baint leis an Máistir, chaitheadh sé a phinse
snaoisín agus d'aontaíodh sé go grod le gach tuairim
dá chontrártha dá gcuirtí faoina bhráid.

Sheas Máirtín tamall ina cheap aonair agus lig don
lodaracht chainte dul thairis. B'ait leis é féin a bheith
ina sheasamh ansin, ribíní glasa ag sileadh óna stocaí,
píce troda ina ghlaic, torann an druma agus tafann
an mhadra ina chluais, na malraigh chosnochta ag
dul de sciotáin isteach is amach trí na gaetha gréine,
aghaidheanna gruadhorcha na bhfear agus sioscadh
suaimhneach séalach na mban ina thimpeall amhail
is dá mba i bhfís dó a léiriodh iad. Chuaigh de a
thuiscint cén gheas a thug ar an láthair sin é. Ba leasc
leis a chreidiúint go raibh sé féin, an duine istigh ann,
páirteach sa chinniúint a bhí á sníomh ag gaetha na

gréine i measc na mbothóg, na mballaí, na gcrann agus mhuintir an bhaile. Ní raibh Saidhbhín ina Saidhbhín a thuilleadh aige, bhí deireadh dála caite acu agus í ar an taobh eile den tsráid i measc leath-phobal na mban. Músclaíodh cuil ina chroí chucu mar bhantracht. Chuaigh an drumadóireacht ag giobadh ar a intinn. Spriocadh chun cantail é ag gach glam gliondair dar chuir maidrín an Fhoghlaera as. D'fhiafraigh sé de féin den bhfichiú huair céard a thug dó bheith ar an láthair sin.

Dhruid sé leis go béal an bhóthair mar a raibh scata de na réabhlóidithe bailithe. Orthu siúd bhí Lúcás Mistéil, Sonaí Mac Reachtain agus a dheartháir Antoine, Seán Willí de Brún agus an Foghlaeir Flannagáin, agus is ar peiriaca a bhí siad nó go dtiocfadh Robert Craigie chun treoir a chur orthu. Bhí Lúcás gan hata, gan cheirteach scornaí agus cneas na hóige le feiceáil trí scoilt a léine.

'Nach bhfuil tú chun cóta mór a bhreith leat?' d'fhiafraigh Máirtín de.

'Don diabhal leis mar chóta mór! Nó nár chuala tú go bhfuil na Francaigh chun éidí míleata a bhronn-adh orainn?'

Peadar Siúrtáin an chéad duine eile a tháinig thar strapa an chlaí amach chucu. Fear ab ea é a raibh taoscán de léithe na haoise ina ghruaig agus ball blagaide ar bharr a chloiginn mar a bheadh ar mhanach. Bhí ainm an léinn agus an mhioneolais air ó tharla dó dornán blianta a chaitheamh ag freastal ar scoileanna na Mumhan ina scoláire bocht d'fhonn dul ina shagart; ach ba iad mianta an tsaoil a tháinig trasna air agus mian chun na biotáile buí ach go háirithe. Ach chuaigh sé i ngleic choimhlinte leis an ainspiorad agus fuair oiread den láimh uachtair air go dtéadh sé ar ruathar mór póite uair amháin sa bhliain ach go bhfanadh sé an chuid eile den am ina bhait-siléir storrúil, garraí prátaí agus cuibhreann beag coirce aige ar léibheann an tsléibhe agus meas thar an

gnnáthach aige air féin agus ar a chuid suáilcí. Bhí
búclaí miotail ar a bhróga faoi, agus greim urranta
aige ar chois an phíce mar a bheadh sé chun gaisce a
dhéanamh leis.

'Móra daoibh ar maidin, a fheara,' ar seisean. 'Tá
sé seo ina lá mór againn. Tá sin.— Coimrí Dé
chugainn, a Fhoghlaeir, ach cá bhfuair tú na buataisí?'

Chuir an Foghlaeir geanc an bheagmheasa air féin.
'Dá mba ar an gcaidéisíocht a mhairfimís tá cuid ar
an mbaile seo nach rachadh ordóg an bháis ar na súile
orthu choíche!" Bhí a sheanchaipín d'fhionnadh an
iora rua buailte anuas ar a cheann, a chiseán fogh-
laeireachta ar a dhroim, a sheanbhalcaisí éadaigh
ceangailte de chorda thar a choim mar a bhíodh
riamh, ach bhí an dá ladhar faoi ina bhfeic ag Fodhla,
iad sáite isteach i bpéire de ghlúin-bhróga leathair
agus gach aon díoscán uabhair agus uaisleachta astu
nuair a chorraíodh sé a chos. 'Chuile dhíomá ort, a
ghlagaire an leathacra, an é mheásfa go gcaithfinnse
na máirtíní ag dul chun an chogaidh mhóir?'

Rinne siad gáire, ach ba bheagchroíoch an gáire
dóibh é mar is ar bís a bhí siad nó go dtiocfadh Robert
Craigie chun iad a shrianadh agus cóir cheart a chur
ar na himeachtaí. Bhris an fhoighne ar Jack Duprat
fiú amháin agus chuir sé an ruaig ar na malraigh a bhí
ag piocadh as an druma.

'Seachtar a loic orainn,' arsa Seán Willí de Brún le
Máirtín i leataobh. 'Ní raibh mé gan a bheith i amhras
faoin Saighdiúir Ó Ruairc riamh, ach níor cheap mé
go meathfadh Stiofán Saidléir.' Bhí faicín de cheirt
ghlas feistithe ag Seán Willí ar rinn a phíce ag déanamh
brataí; scafaire d'ógfhear fadsrónach stuama ab ea é
nach mbeadh náire air a leithéid de thaispeántas a
iompar trí lár an phobail. Nuair a chonaic Lúcás an
bhratach chuir sé fead spridiúil as ag bagairt ar na
malraigh in airde ar an bhFuinseog agus d'iarr orthu
briongláin de chraobhacha faoi dhuilliúr a chaith-
eamh anuas chucu. Rinne. Is beag nach ndearna siad

an crann a lomadh de mhéid a ndícheallachta.
'Craoibhín glas na saoirse!' arsa Lúcás. Cheangail sé
brionglán acu d'fheirc a phíce, agus chuaigh na
malraigh go fuastrach thart, ag tabhairt sonc gual-
ainne as an tslí dá chéile agus ag roinnt na mbrionglán
glas ar na réabhlóidithe.

'Seo duit, 'Abbaí, coimeád tusa é seo,' arsa Máirtín
Dubh, agus bhronn sé an brionglán a tugadh dó ar
Abbaí Amadán. Bhí déistean air ina anam istigh leis
an ngeáitsíocht seo a bhí ar siúl acu. Lá an Dreoilín a
chuir sé i gcuimhne dó. Is é Abbaí a bhí go mórálach
as féin agus craoibhín glas na saoirse á iompar aige.
Duine bocht gan smig a bhí ann agus lámh sheargtha
aige a choimeád sé cuachta chun a uchta.

'An bhfuil sibh chun murdar ceart a imirt ar na
Yeos?' d'fhiafraigh sé go cíocrach. 'Meas tú an
mbeidh Hely Hankins an Locháin amuigh leis na
Yeos? Tá súil agam go mbeidh sean-Hankins ann agus
go dtabharfaidh sibh sna putóga dó é. Scairt mhaidine
ar an seanbhastard, thug sé scilling lofa dom lá a
thiomáin mé scata caorach dó ar aonach Dhroim na
Finníola.'

Chuaigh giob-geab an amadáin ag priocadh ar an
intinn acu. Níor fhéad siad aon laochas nó fiúntas
míleata a shamhlú díobh féin fad is a bhí an craiceann
comónta sin á chur ar an scéal. Lig Seán Willí de Brún
eascaine nimhneach leis an sampla bocht.

'Caith uait do chabaireacht, 'Abbaí,' arsa Peadar
Siúrtáin. 'Bíodh fhios agat nach ar son scillinge lofa
ar bith atáimidne ag éirí amach, ach ar son an
deamocrasaí.'

'Éire aontaithe, Éire saor,' arsa Seán Willí go dúl-
mhar docht. Bhí tuiscint na habairte ag Máirtín Dubh;
is iomaí léacht agus sainmhíniú a bhí tugtha ag Robert
Craigie dóibh ar an ábhar sin; ach bhí ag teip air i
gcónaí brí an fhocail sin Éire a mhothú ina phearsa
féin, nó cruinneas agus míniú corpartha a chur ann a
thabharfadh dó bheith ina sheasamh i mbéal bóthair

le héirí gréine, uirlis troda ina ghlaic agus lón bia dhá
lá sa phaca ar a dhroim.

Bhí scuaine de ghirseacha cosnochta an bhaile ina
suí ar ghruaibhín glas an bhealaigh, iad ag scilligeadh
cainte go scigiúil, ag súgradh le madra gearr an
Fhoghlaera nuair a thugadh sé sciuird chomh fada
leo, ag fáisceadh an chréatúir ina n-ochrais, ag
bladaireacht air—' 'Scip? 'Scip! nach tú an grá beag
agam, a Scipín!'—ag iomrascáil leis—'Scread caillí
ort, a dhiabhailín, tá mé scríobtha agat!'—ag déanamh
rud ar bith ach breathnú ar na réabhlóidithe a raibh
dúil a gcroíthe iontu. Ó am go ham thugadh girseach
acu catfhéachaint de shúile boga geala thar imeall a
fallainge anonn ar an duine a bhí ag déanamh thinneas
na hóige di, nó go dtéadh an geitín searcúil faoina
hucht ar fheiceáil a rogha di, an ghiall ghlanbhearrtha,
nó dorn donn cumasach an ógfhir daingnithe ar
mhaidhe a phíce, nó colpaí fearúla a chos. Ní bréag
a rá gur ar Lúcás Mistéil agus ar Shonaí Bán Mac
Reachtain is mó a dáileadh glinniúint rúnda na
súl. Níor imir Sonaí Bán cleasa an chlapsholais le
girseach ar bith acu riamh, ach ní raibh cos nocht ar
an scuaine acu nach rachadh trí pholl portaigh dó.
Rós Neansa Nic Ardail is déine a bhí doirte air.

' 'Scip! 'Scip! Gaibhse 'Scip, a ghrá geal!' arsa na
girseacha, gan rud ar bith ag déanamh buartha dóibh,
mar dhóigh de, ach an bithiúnach beag madra agus a
sciotachán eireabaill ar luascadh.

Thóg na malraigh a n-uaillgháir go raibh Robert
Craigie ag teacht. Thit a dtost ar an slua. Duine
tiarnasach, oidhre de phór plandála. Rinne na fir a
hataí a mhéaradh, rinne na mná an feacadh beag
glún. I gan fhios dóibh féin bhí an seanfhaltanas
creidimh ar fhis sna súile acu. Ar mhuin lárach a
tháinig sé, caipín tríbhiorach buailte ar a cheann, éide
ghlas faoi straidhn ar a ghuaillí leathana, cam-
chlaíomh agus dhá phiostal ceangailte ina chrios,
agus mar a bheadh séideán fuar ag teacht leis faoi

chroí gach éinne. Bhí Mr Ormsby agus an Sagart Mór Mistéil ag marcaíocht, duine ar gach taobh de. Gearrán buí Beilgeach a bhí faoi Mr Ormsby, beithíoch eiteach a raibh an mhioscais i mbáine na súl aige. Ba dhea-mhúinte an mhaise do mhuintir an bhaile nár lig siad focal fonóide uathu faoi gheáitsí an Chailbinigh chaoil agus é ar a dhícheall plámáis agus caoinbhriathra leis an mbligeard buí gearráin a bhí idir na glúine aige.

Ba gheall le faoiseamh aigne é do Mháritín Dubh na huaisle a bheith tagtha. Bhí an bhrúchtaíl anama faoi cheannas ag Robert Craigie, chuir a phearsantacht srian leis an dúchas sinseartha a spreag amach chun bóthair iad an mhaidin sin. Thiomáin sé chun tosaigh orthu gan focal a rá, an drabhas fiaclach ba ghnách dó ar a bhéal. Sheas Lúcás amach ag beannú dó, cos an phíce le sáil bróige, an lámh chlé ag teacht trasna go míleata. Rinne cuid acu aithris air, ach ba chiot-ógach an iarracht dóibh é. Lig Mr Ormsby an focal ordaithe leo i gcaolard a ghutha. Sheas Jack Duprat amach i láthair an tslua. Súil gach duine air. Tábhacht tuillte aige. Na girseacha bogshúileacha ag déanamh iontais de. A cheann siar, a chromán ligthe chun tosaigh, an gliogar-rolladh glinnbhéimneach á bhaint aige as tiompán an druma.

Luigh siad isteach. Seacht nduine dhéag acu. Ceathrar ar doimhne a sheasadar, na réabhlóidithe, iad scartha amach ag deireadh thiar ón muintir laethúil. Tháinig an Sagart Mór taobh leo, é cuachta chuige féin ar mhuin a chapaill agus a sheál fáiscthe faoina smig i bhfionnuaire na maidine.

'Beannacht Dé libh, a bhuachaillí geala,' ar seisean. Chuaigh an teideal sin ina chrith tuisceana tríothu. Dar a choinsias, dúirt sé, bhí sé lá dá laetha a rachadh sé féin amach leo. Chuir sé i gcuimhne dóibh go raibh céad blian ann ó briseadh ar Ghaeil ag Luimneach. Go raibh a gcairde tagtha ar ais arís. Na Francaigh. Go raibh lá an leatroma chomhair a bheith caite,

agus an t-arm dearg, an díorma crochta agus díon-
loiscthe, ar crith ina gcraiceann roimh lá an díoltais
a bhí á thuar dóibh ó Chill Ala aniar. Agus dá
mbaineadh Dia, moladh go deo leis, fiche bliain dá
aois, gurbh fhonnmhar a rachadh sé féin amach leo.
Rachadh sin. Go raibh lucht an éadóchais agus an
bhéilín bheannaithe ar an mbaile sin—go raibh cuid
acu ag éisteacht leis—agus iad á rá gur ag déanamh
pléiseam díobh a tháinig na Francaigh, ach dar a
choinsias gur sa chúinne contrártha dá mbéal a chaith-
feadh an bhaicle sin an píopa nuair d'fhillfeadh na
buachaillí geala—cabhair Chríost leo—agus an bua
ar bharr píce acu. Agus ghuigh sé beannacht na hEag-
laise tríd an Laidin orthu,—ar Mháirtín Dubh
Caomhánach, ar Lúcás Mistéil, ar Shonaí Bán Mac
Reachtain agus ar a dheartháir Antoine, ar Thaimí
Mac Niallais, ar Jack Duprat, ar Sheán Willí de Brún
ar Pheadar Siúrtáin, ar an bhFoghlaeir Flannagáin,
agus orthu go léir, go fiú Robert Craigie a bhí ina
Phrotastúnach agus Mr Ormsby a bhí ina dhú-
Chailbhineach, duine beag cneasta a chreid go raibh
an damnú síorraí á ullmhú dóibh go léir, Gaeil agus
Gaill, dubh, bán agus oráisteach, ach amháin don
chorrdhuine mar é féin a raibh an slánú i ndán dó ó
thús aimsire.

Tháinig a muintir thart orthu ag fágáil slán leo.
Dordán paidreoireachta ó na seanmhná. Girseacha ag
bogchaoineadh. Rinne Rós Neansa Nic Ardail náire
shaolta di féin, ag scinneadh amach gur rug sí barróg
ar mhuineál ar Shonaí Bán. Chonaic Máirtín aghaidh
lodartha an chailín agus na fabhraí fada braonfhliucha,
í sna trithí goil agus toradh a huichtín brúite ar chóta
an ógfhir a bhí go luisneach agus go caoinbhriathrach
ag iarraidh é féin a dhícheangal uaithi. D'fhan Máirtín
faoi iomas imfheasa ag an saibhreas gruaige, ag cumh-
racht an chailín; tugadh léargas beag dó ar an ngéar-
ghoin anama a thugann don fhile Éire a shamhlú ina
cailín. Níor mhothaigh sé Saidhbhín chuige nó gur

leag sí lámh ar a mhuinchille.

'Slán leat, a Mháirtín.'

'Slán agat, a thaisce.'

D'fhéach sé san aghaidh uirthi. Na súile glan-ghorma, na bruasa leathana a raibh iarracht den seirfean brúite faoi na cúinní iontu. Ar a barraicíní a chuaigh sí gur leag sí póg éadrom ar a leiceann.— 'Tabhair aire do Lúcás dúinn, a Mháirtín Dhuibh.'

Bhí Mr Ormsby ag iarraidh an t-ordú chun máir-seála a chur uaidh agus an gearrán mioscaiseach a cheansú ag an am céanna. D'imir Jack Duprat a sheanrolladh ar an druma. Chroch Taimí Mac Niallais fonn suas ar an bhfideog: *Cuirtear an Crann.* Sháigh siad go léir de thormán bróg agus crúb chun tosaigh. D'airigh Máirtín mar a bheadh daolbhrat ar an spéir roimhe. An ceol, an gháir, an phaidir, an caoineadh ina chluasa.

'Bhail, mar a fheiceann an tAthair sinn,' arsa Seán Willí de Brún taobh leis. 'Céard do mheas, a Mháirtín, ach go bhfuil an Foghlaeir chun an diabhal tairíor sin a bhreith leis chun an chogaidh mhóir!'

B'fhíor dó. Bhí Scip ar sodarnaíl go sotalach sa siúl leo mar a dhéanfadh Críostaí ar bith.

## 6

D'fhan an pobal ag an gCrosaire ag faire orthu nó go ndeachaigh na craobhacha glasa agus reanna loinnir-eacha na bpící as amharc faoi rosamh griansilteach an ghleanna thíos.

'Fada sinn ag feitheamh leis an lá seo, a Mhánais,' arsa an Sagart Mór.

'Is fada sin, a Athair.' Bhí geanc míshásta ar ghnúis an Mháistir. 'Agus féach ag deireadh thiar go bhfágtar ar laftán an tsléibhe sinn i bhfochair na mban.'

Sheas Johnny Mistéil rompu agus a dhá láimh trusáilte siar aige faoi eireaball a chasóige. 'Céard a mheasann tú den scéal, a Athair Eoghain, i do chroí istigh?'

'Nó nár chuala tú an óráid bhreá a thug mé?'

'Chuala. Ach tá seanaithne agam ar do cuid óráidíochta, a dheartháir. Ní dóigh leat go bhfillfidh siad.'

'Fillfidh. Seans nach bhfillfidh siad le linn domsa agus daoibhse bheith ag bogadach thart faoin saol. Seans nach iad na hainmneacha céanna a bheas orthu, seans nach iad na hairm chéanna a bheas ina nglaic. Ach tiocfaidh an lá, 'Johnny, agus fillfidh siad.'

'Go maithe Dia dúinne a sheol chun bealaigh iad,' arsa an Máistir Scoile.

'Ámen, a Mhánais. Bainfidh an smaoineamh sin codladh na hoíche díom go gcuirtear i gcré mo sheanchnámha.'

'Is céasta mar scéal againn é,' arsa Johnny Mistéil. Mhair sé tamall ag stánadh uaidh faoi dhuilleog a hata ar an smúit ghrianmhar mar ar imigh an bhuíon bheag as amharc. 'Tuigim na cúrsaí go léir i mo chroí istigh, ach i m'intinn, an bhfeiceann sibh, i m'aigne chinn, tá mé dubh dall ar an scéal seo.'

'Tá a chiall féin ag an chroí,' arsa an Máistir.

'Tá 's agam, a Mhánais, tá 's agam sin. Ach ba mhaith le duine léargas beag intinne a fháil ar fhírinne an scéil. Ba mhaith liom féin a thuiscint agus a dhealbhú i bhfocal amháin céard a thug de dhualgas ar Mháirtín Dubh Caomhánach a phíce troda a bhreith leis chun bóthair agus m'iníon a fhágáil ina haonar thuas ar an Mhoing, agus céard a thug ormsa an íobairt sin a cheadú—ní hé amháin gur cheadaigh mé é, ach bhronnas mo bheannacht air agus glaicín beag airgid don bhóthar.'

'Is treise an dúchas ná an tuiscint,' arsa an Máistir.

'Níl bean ná clann agatsa, a Mhánais,' chuir Johnny i gcuimhne dó, agus bhí iarracht den ghairgeacht ar fhis ina ghlór. 'Níl iníon agat i mbothóg sléibhe a dtig leis na Yeos teacht isteach ar an urlár chuici.'

Chaith an seansagart snaoisín na smaointe. 'Focal amháin a dúirt tú, 'Johnny, an scéal a dhealbhú i bhfocal amháin. Níl an focal sin againn. Maireann clann Ádhaimh ar scraith mhullaigh an domhain, mairimidne Gaeil ar an sliabh seo, mar a bheadh caraictéirí i dtragóid fhileata ag plé leis an dá shaol. Caithimid ár gcuid agus déanaimid ár ngiota ceoil, fulaingmid an bochtanas agus an ghéarleanúint, cuirimid suas leis an tíorántacht a imreann an duine ar an duine óir is é an pionós é a thig de pheaca an tseanduine i ngairdín idir an dá shaol. Agus cuirimid ár dtoil le toil Dé agus canaimid an seanfhocal nach é lá na gaoithe lá na scolb, seans go mbeidh lá eile ag an bPaorach, agus tá ár ndóchas uile ar an saol thall. Agus féach, 'Johnny, gur múnlaíodh an teanga dúinn den fhealsúnacht sin i slí is nach bhfuil focal ar bith i do bhéal agat do ghéarghá na maidine seo.'

'Éirí amach,' arsa an Máistir.

'Friotal fileata, téarma a thagann ón chroí. Níl san éirí amach sin agat ach focal fianaíochta, múnla mothaíochta a gineadh i samhlaíocht an fhile nó go mbeadh sé ina nathán cainte in agallamh na sean. Tá focal eile de dhíth orainn, a Mhánais, an mhaidin bhreá Lúnasa seo. Téarma gan teibíocht a chuirfeadh i gcéill dúinn an riachtanas nua seo againn agus an rún atá i gcroí an ghlaicín fear a d'imigh chun bóthair.' Thost sé, fogha fíochmhar á thabhairt aige faoina shrón a shéideadh. 'Sea mhaise,' ar seisean nuair a bhí deireadh lena sheifidíl, 'chuala mé focal mar sin ar an gcoigrích tráth bhí mé óg.'

'Cén focal é sin, a Athair?'

*'L'attaque.'*

D'éirigh an Sagart Mór Mistéil ar a chosa craptha, ghlan smúdar an snaoisín de bhrollach glasdubh a chasóige. 'Gabhaigí i leith, a mhalracha,' d'ordaigh sé, agus sméid sé orthu de chroitheadh a bhata draighin nó gur chruinnigh scata den mhuintir óg ina thimpeall. 'Cuimhnigí ar a bhfaca sibh, a mhalracha,' ar seisean. 'Bíodh cruinnchuimhne agaibh ar imeachtaí na maidine seo nó beidh siad ina gcaibidil seanchais agaibh i bhfad amach anseo. Cuimhnígí gurb é an Satharn é, an ceathrú Satharn i Mí Lúnasa, an bhliain nócha a hocht.'

Bhí deora leis na seansúile. Bhí ballaí aoldaite an tsráidbhaile á dtaibhsiú go geal ceobhránta dóibh, bhí an tseanchluas faoi aisling fhuaim an *attaque* i mbaile coimhthíoch i bhfad i gcéin, glórtha na malrach ina thimpeall ag leanúint den súgradh gealgháireach a chuaigh ag ríomh a rúin isteach agus amach tríd na gathanna gréine. D'éirigh dúlagáin an dusta ina ngiotaí óir ag fearadh a bhfiodrince san aer, tháinig eiteoigín an fhómhair, canach an fheochadáin, ag breith a bhlúirín síl thar bráid. 'Sea,' ar seisean. 'Tiocfaidh sé. Tiocfaidh sé lá éigin. An raon maidhme.'

## 7

Thug Johnny Mistéil cuireadh do Shaidhbhín teacht leo chun proinn bheag a chaitheamh i dTeach an Dá Urlár, ach d'éimigh sí é. Cúram na gcearc a bhí uirthi. Thug sí cosán na Moinge uirthi féin. Preabanna an druma ina macalla bodhar léi trí chiúnas an tsléibhe. Aon deoirín amháin níor bhrúcht chun na súl chuici. Tríd an raithneach a chuaigh sí, ar scaradh na leis de léimeanna aclaí thar na loganna uisce, ag trusáil imeall a bunchóta agus ag nochtadh na lorgaí thar na scraitheanna bogaigh chuaigh sí, trí na tomóga aitinn a raibh crotal na gine seargtha orthu agus an síol planctha chun bealaigh, trí Gharrán an Déil mar ar fhás an ghairleog sa chlapsholas glas inar tháinig na gathanna gréine agus féileacáin dheireanacha an tsamhraidh ag imirt a gcleasa solais agus suirí; is go dochma tirimshúileach a chuaigh sí abhaile an mhaidin sin.

Samhlaíodh an oíche di agus an leaba sa chlúid.

# AN TÓRAÍOCHT

## 1

Béal Átha an Fheadha. Dé Domhnaigh. Preabaireacht drumaí mar a bheadh toirneach bhodhar ann. Uair an mheán lae agus an t-aer ina bhrothall roimh stoirm faoi ollchlúdach na scamall crónliath.

Tamall ar an taobh thoir den bhaile mór bhí an complacht de phíceadóirí ó Shliabh an Iarainn dingthe isteach le clais an bhóthair gan ar a gcumas cúlú ná dul ag aghaidh, mar bhí an bealach plúchta palcaithe rompu le ba agus caoirigh, le cairteanna de choirce, de phrátaí, d'fhéar tirim, le lucht tiomána beithíoch, le díormaí beaga óganach ag brostú chun na troda, agus leis na baiclí giobalacha de sclábhaithe tuaithe a raibh driopás orthu ag brú isteach ar an mbaile go bhféachfaidís le gob mór ar an iontas. Na Francaigh! Ní raibh ní ar bith eile ag déanamh tinnis don taobh tíre sin. Agus tríd an ngleo agus an meascán mearaí go léir bhí cuisle na ndrumaí ar síorphreabadh.

'A Thiarna Aingeal!' chuir Lúcás Mistéil de chnead as, 'an bhfuilimid le bheith cuachta anseo an lá go léir?'

Chuir Máirtín Dubh cos a phíce faoi ag glacadh a scíthe. Ba bheag de chodladh na hoíche a bhí déanta acu ó d'fhág siad an Sliabh an mhaidin roimhe sin, agus Robert Craigie á síorshaighdeadh chun bealaigh.

'Céard tá ar siúl taobh istigh?' d'fhiafraigh sé de sheanfhear a raibh ualach prátaí aige i bpéire pardóg ar dhroim asail.

'Na diabhail Francaigh, 'd eile? Humbur' tá's agat. Dhera 'mhaige, tá praghas thar na bearta á thairiscint aige ar gach aon saghas.'

'An bhfuil an Ginearál Humbert i mBéal Átha an Fheadha anseo?' d'fhiafraigh Robert Craigie.

'Tá sin, a dhuine uasail. Ó Chill Ala a tháinig sé ar nós na gaoithe san oíche aréir. Plabarnach na ngunnaí a chualamar agus an tír go léir ina scraith ghliogair faoi chosa na gcapall. Deamhan néal codlata a d'imigh orainn i gcaitheamh na hoíche. Deamhan sin. Bhí gach éinne á rá go raibh Humbur' tagtha. Cheapfá ó chaibidil na mban gurb é fathach-an-dá-cheann a bhí sa mhullach orainn. Ach creidim gur fear maith é. Deir siad go bhfuil praghas thar na bearta á thabhairt —"

'An raibh cath ann?'

'Dhera ní raibh ná cath. Ar béal maidine a bhuail siad isteach anseo agus ní raibh cóta dearg sa dúiche nár thug do na bonnaí é go Caisleán a' Bharraigh ó dheas. Tá lá mór iontais tagtha ar an saol chugainn, a bhuíochas-san don Fhear Thuas. Ní dhearna mé suí forais nó gur chuir mé an lóidín prátaí ar an asal go bhfeicfidh mé cén praghas a bheas á shíneadh ag Humber' dom orthu. Deirtear gur fear maith é.'

'Ach cén fáth go bhfuil na drumaí á ngreadadh chomh tiubh sin istigh?' d'fhiafraigh Lúcás agus é ar bís.

'Sin Humber' duit. Ní dhéanfaidh sé suí forais go mbí sé sna sála ar na cótaí dearga agus ruathar reatha á thabhairt aige sa mhullach orthu go Caisleán a' Bharraigh.'

'Cén fhad é go Caisleán a Bharraigh?'

'Déanaimse féin an tríocha míle de.'

'Habha-abha-abha!' ghlaoigh na giollaí tiomána ag gabháil de bhataí ar dhromanna stangánacha na mbullán. Bhí Robert Craigie ar cheann an cholúin, a cham-chlaíomh nochta aige agus é ag iarraidh bealach a ghearradh dóibh tríd an gcoimheascar. Tamall maith chun deiridh orthu bhí Mr Ormsby agus é ag dul rite leis ceithre chrúb an ghearráin a choimeád ar an talamh. Carráiste ard d'fhéar tirim a bhí ag palcadh an bhealaigh rompu agus na giollaí tiomána ar a seacht ndícheall maslaithe agus batarála ag iarraidh na bulláin a thiomáint thairis. Ghabh Taimí Mac Niallais de bheith ag maslú go ceolghlórach mar chách agus ba é ba dheas chuige ó tharla eolgach ar bheithígh é, agus is éifeachtach an phlancáil a rinne sé de chois a phíce ar na cromáin chnámhacha. 'Habha-gheop! Hula-hula-hula habha-gheop!' chan sé.

'Ar aghaidh! arsa Robert Craigie, agus lean siad lorg a chapaill isteach sa bhearna a osclaíodh rompu. D'ísligh Máirtín Dubh a cheann chun reatha agus chuaigh go brógbhéimneach le sála Thaimí Mhic Niallais, an saol timpeall air ina mhanglam fear agus beithíoch, shatail sé ar phrátaí scáinte, chuala sé na hadharca á gcnagadh i gcoinne a chéile agus sceacha an chlaí á rúscadh agus á réabadh agus na bulláin ag imeacht de sheáp buile tríothu sna garraithe isteach. Bhí an ciotaldruma cuachta ina ochras ag Jack Duprat mar a bheadh peata linbh ann, an madra gearr faoina ascaill ag an bhFoghlaeir Flannagáin, an cheirteach ghlas in airde ag Seán Willí de Brún, agus Mr Ormsby á shuaitheadh síos suas ar mhuin an ghearráin bhuí mar a bheadh Dia á rá leis. Agus is ar an gcuma sin a bhris siad isteach i mbaile mór Bhéal Átha an Fheadha.

Baineadh stad díobh. An tsráid mhór idir na tithe aoldaite agus í ina haon sruthán gorm gluaiste amháin. Na Francaigh. Éidí gorma, strapaí bána, scafóga trídhathacha, aghaidheanna cróndóite ó ghrian na hIodáile, díormaí faoi phacaí agus faoi bheaignití ag cruinniú thall is abhus, na drumaí ag glaoch go binbeach orthu agus gach díorma ag freagairt dá dhruma féin. B'aiteas croí do Mháirtín breathnú ag deireadh thiar idir an dá shúil orthu. Na Francaigh. Ní raibh siad roimhe sin ach ina scáileanna seanchais aige, ina n-ainm gan cholainn sna leabhair a léadh Saidhbhín dó chois tine; ach seo aige anois iad, na cairde a tháinig thar sáile; chreid sé den chéad uaír iontu, bhraith sé go raibh ciall agus tuiscint leis an bhfuadar a thug chomh fada sin ó bhaile é féin agus a chuid compánach.

'Th'anam istigh, a Mháirtín' ach an éistfidh tú leo!' arsa Seán Willí. 'A leithéid de ghibrisc chainte níor chuala mé riamh.'

'Níl de shamhail orthu ach scaoth cearc ag gogallach agus an sionnach tríothu,' arsa Taimí Mac Niallais.

'Sin agaibh an Fhraincis, a bhuachaillí. Níl canúint i mbéal Críostaí chomh dothuigthe léi,' mhínigh Peadar Siúrtáin dóibh.

D'imigh Robert Craigie leis féachaint an dtiocfadh sé ar oifigeach nó ar dhuine údarásach éigin a chuir-feadh faoi threoir iad, agus fágadh an complacht faoi chúram Mr Ormsby. Is fuastrach a bhí an duine beag sin ag beannú do na strainséirí agus á dhúbailt féin sa diallait aguş ag ardú a hata do chách.

Chuir Jack Duprat suim faoi leith sna drumadóirí agus a chlisteacht a bhí siad i mbun na maidí. Chrom cuid de na buachaillí ag piocadh ar Jack go ndéanfadh sé féin dreas drumadóireachta chun a thaispeáint do na heachtrannaigh go raibh drumadóirí dár gcuid féin againn in Éirinn freisin, agus lean siad ag tathaint air nó go ndearna sé rud orthu. Bhain sé gliogram fada geal as an tiompán. Siúd amach le scata Francach de sciuird as an teach tábhairne ba neasa 'dóibh, iad ag triomú a gcroiméal agus ag fiafraí cé bhí ag drum-adóireacht orthu. Is orthu a bhí an déistin chroí nuair a chonaic siad gurbh é Jack Duprat seo againne a bhí i mbun na maidí. Chaith stangaire mór acu seile tharcaisneach. *'Des Paysans,'* ar seisean, *'Sales cochons*

*Irlandais!'* Agus d'iompaigh sé ar an deoch isteach arís.

'Cóitseon salach tú féin!' chuir an Foghlaeir mar fhocal scoir leis, nó níor lig an Foghlaeir bua bharr teanga le duine ar bith riamh.

'Seo chugainn an t-ordanás!' arsa Lúcás.

Na gunnaí móra, gach ceann acu ar a charráiste féin, capaill fheirme á dtarraingt. Chuaigh creathán beag trí Mháirtín arna bhfeiceáil dó. Trí cinn de chanónacha cogaidh a bhí ann, marbhloinnir sna geolbhacha cré-umha, a mbéil ar leathadh chun deiridh ar na carráistí agus cogarnach thoirní á baint ag na rothaí iarann-imeallacha as clocha pábhála na sráide.

'Ó mh'anam glégeal, nach é an t-airteagal críochnaithe é!' arsa Peadar Siúrtáin. 'Bál iarainn a chaitheann an cailín sin as a gob.'

'Ní hea ná bál,' arsa Seán Willí de Brún á bhréagnú. 'Deir an Saighdiúir Ó Ruairc liom gur slabhra iarainn a chaitheann sí, slabhra dearg te a rachadh trí rang fear mar a théann an corrán trí dhosán neantóg.'

'Tá níos mó ná a chuid paidreacha le rá ag an Saighdiúir. Mise i mbannaí duit gur bál a chaitheann an cailín sin, bál chomh mór le ceann linbh, chuirfeadh sé búcla do chreasa siar amach trí chnámh do dhroma.'

'Dhera, scoir de, a sheanchrandúir! Nach saonta an mhaise duit a mheas go gcaithfidís bál iarainn i gcogadh an lá 'tá inniu ann. Cuirfidh mé do rogha geall leat gur slabhra a chaitheann siad. 'Sea, agus an ceaineastar.'

'Céard sa diabhal is ciall leis an gceaineastar?' agus rinne sé draothadh drochmheasúil.

'Céard é an ceaineastar, an ea? Is é an ceaineastar é, 'd eile? Deir an Saighdiúir Ó Ruairc liom gurb é an ceaineastar an t-urchar is diabhlaí ar fad orthu. Corp Chríost, a deir sé, is é an ceaineastar an buachaill a d'fhágfadh tinn faoi do mhása thú!'

Bhí an tríú gunna ag gabháil thar bráid, an giolla tiomána ina shuí siar ar chromáin an chapaill ar nós cuma-sa-diabhal, faicín fuipe ina ghlaic agus gáire déadgheal á bhronnadh aige ar na réabhlóidithe a raibh oiread muga de shúile orthu ag stánadh air. D'ardaigh Mr Ormsby a hata go hoscartha dó.

'*Parlez-vous, Jackser!*' chaith an Foghlaeir chuige.

'Sláinte, Paidí!' arsa an Francach.

I rith an achair seo bhí Robert Craigie ag feitheamh i gcúlseomra sa teach a bhí mar cheanncheathrú ag an arm. É ag míogarnach cois tine. Beirt *aides-de-camp*, ógánaigh dhualfholtacha ghalánta, ag imirt cártaí ag an mbord agus an tríú duine sínte ar bhinse ina shámhchodladh. Ba bheag de shuim a chuir siad san Éireannach gobmhór tromghuailleach ach a rá leis fanacht scaitheamh, go raibh an Ginearál de Bláca ró-ghnóthach chun dul i gcomhrá leis. Bhí an balbh-thormán ón tsráid agus sioscadh na gcártaí istigh ag dul i dtanaíocht ina chluasa, an tuirse agus an easpa codlata ag breith bua air. Ba bhreá leis é féin a shíneadh ina sháimhín suain murach go raibh cuimhne an dornáin de bhuachaillí tuaithe a bhí faoina chúram á spriocadh. Ag deireadh thiar bhris ar a fhoighne, bhíog sé ina sheasamh agus siúd leis béal a chinn tríd an doras chuig an nGinearál isteach gan cead a iarraidh ar dhuine ar bith.

Duine liath snoite a bhí roimhe, súilfhéachaint oighreata, guailléid órga ar éide ghlas. An Ginearál Seoirse de Bláca, Ard-Cheannasaí na Réabhlóidithe Éireannacha.

'Céard é?' go giorraisc.

'Robert Craigie Bhéal Átha Ghil. Seacht nduine dhéag ó Chontae Liatroma faoi mo chúram.'

D'ardaigh de Bláca a cheann óna chuid cáipéisí; d'aithin sé titim cainte na huasaicme.

'Iad faoi airm?'

'Pící acu.'

'Iad in inmhe a láimhseála?'

'Go réasúnta maith.'

'Bróga?'

'Orthu go léir.'

'Go maith. Tá mé faoi chomaoin agat, Mr Craigie. Ní hé amháin gur tú an t-aon duine de d'aicme a tháinig chugainn ó Chontae Liatroma, ach is tú an t-aon taoiseach tuaithe amháin a tháinig agus bróga faoina chuid fear go léir. Seo duit—' scríobh sé cúpla focal go gasta—'tabhair é seo do mo *aide,* an Captaen Ó Catháin. Cuirfear do chomplacht sa Léigiún, sin an reisimint atá á heagrú againn de na réabhlóidithe Éireannacha a tháinig isteach. Gheobhaidh tú féin coimisiún ón nGinearál Humbert mar chaptaen orthu—'

'Tá Elias Ormsby in éineacht liom. Duine oilte, dúthrachtach—'

'Go maith. Ceapfar é ina leifteanant. Slán leat, a Chaptaen Craigie. Íosfaimid an dinnéar le chéile i gCaisleán an Bharraigh amárach.'

'Ach mo chuid fear, a Ghinearáil—ní bhfuair siad greim bia ó mhaidin—'

'Cuir ceist ar an gCaptaen Ó Catháin.'

Rinne Robert Craigie cúirtéis mhíleata go ciotrúnta agus amach leis. Ní raibh an Captaen Ó Catháin sa seomra eile. Chuir sé ceist ar na háilleagáin óga a bhí ag gabháil do na cartaí. 'Cá bhfuil na réabhlóidithe á mbeathú?' Sa Mhóinéar Leathan, dúirt siad, ach bheadh air fanacht go dtiocfadh an Captaen Ó Catháin agus go dtabharfadh sé duillín ordaithe chun bia don chomplacht. Níor fhan sé. Caol díreach amach a chuaigh sé, chuir cos thar mhuin a chapaill agus d'fhill ar an gcomplacht. Ní bhfuair sé roimhe ach Lúcás Mistéil, Peadar Siúrtáin agus Máirtín Dubh, agus Mr Ormsby ar a dhícheall ag míniú dó go ndeachaigh an chuid eile ó smacht air agus gur scaipthe ar fud na sráide a bhí siad.

'Bailígí iad,' go fuarbhriathrach uaidh.

Tháinig Máirtín Dubh ar Jack Duprat ina luí cois

balla agus na bróga bainte de mar bhí na cosa
nimhneach aige. D'iarr sé ar Jack dreas drumadóir-
eachta a dhéanamh agus nuair a rinne ba ghearr an
mhoill ar na Liatromaigh teacht ina seanrith amach
as na tithe tábhairne. Cuireadh cóir orthu, d'ordaigh
Robert Craigie go grod chun bealaigh iad agus
chuaigh ag marcaíocht rompu, cochall feirge air, agus
níor iompaigh i leataobh do dhuine ar bith cé acu
Francach nó Éireannach é a tháinig sa tslí air nó gur
bhain sé an Móinéar Leathan amach.

Na céadta agus na céadta fear rompu. Gleoisíneacht
chainte, ceol, fonóid agus feadaíl, iomadúlacht éidí,
casóg Fhrancach ar dhuine anseo, bríste Francach ar
dhuine thall, cuid mhaith acu cosnochta agus giobal-
ach go leor, iad guta go glúine tar éis shiúlóid na hoíche
agus an caipín Francach buailte ar leathmhaing ar a
mothallacha gruaige—caipín i bhfoirm clogaid a raibh
imeall páipéir air agus é daite in aimhriocht fhionnadh
an ainmhí allta—canúint Mhaigh Eo ina spadghoib
agus caointí fada glanghaelacha á raideadh go brón-
ghlórach séischruinn uathu faoi spéartha an lae. Ba
thrua go deo na cocaí féir a bhí ann, iad scáinte
scagtha amach ag an ngramaisc go ndéanfaidís
leapacha luí dóibh féin nó piolúir faoina gcinn.

Cois chlaí a bhí na trinsí tine agus deatach na
móna silte thar an bpáirc mar a raibh an t-aer ina
chalm téigle faoi bhrú agus faoi bhrúchtáil na n-oll-
scamall. Tháinig an sú faoi na fiacla chucu nuair
d'aithin siad boladh na mairteola rósta. Bhí mathshlua
ocrach ag feitheamh go hatuirseach rompu ag na trinsí,
iad faoi smacht ag fo-oifigigh Fhrancacha agus gach
díorma nua dá dtagadh á eagrú go géarbhriathrach
acu isteach ar eireaball na líne; ach choimeád Robert
Craigie leis tharstu amach agus na Liatromaigh á
leanúint gan aird aige ar an olagón a d'éirigh chuige
ón mathshlua ná ar na scríbeanna teanga a scaoileadh
go teanntásach chuige ó na fo-oifigigh. Sheas fámaire
mór de sháirsint-chócaire roimhe amach agus é ag

spalpadh na mionn trí mheán na Fraincise agus
rachtanna guaillí agus géag leis ag cur brí leis an
bhfocal. Ach chnag Robert Craigie idir an dá shúil é
de ghiota geal géarchúiseach den Fhraincis a chuir
siar ar na sála é.

'A bhuí le Dia!' arsa an Foghlaeir, 'is ag scinneadh
na mallacht atá sé.'

D'imigh athrú i dtobainne ar ghnúis an tsáirsint-
chócaire. Thuigeadar óna gheáitsí go raibh sé ag
fearadh na fáilte rompu. Sliseanna mairteola ina
lámha a tugadh dóibh, lán a bpócaí de phrátaí rósta,
agus bolgam den anraith a raibh níos mó den deatach
agus den súiche ná de shú na feola le sonrú air. Bhí
orthu é a spúnógadh aníos as an bpota sa bhéal chucu,
a sheal féin leis an spúnóg ag gach fear acu ach amháin
Máirtín Dubh a raibh d'ádh air gur chuir Saidhbhín
naigín maide ina phaca leis, agus an Foghlaeir
Flannagáin a raibh a chainnín dubh stáin de shíor ag
sileadh óna chrios. Rug Scip, an madra gearr, stéig
mhór feola leis gan cead a iarraidh ar aon duine.
Thiomáin Craigie i bhfód faoi leith iad agus chuir de
gheasa ar Lúcás Mistéil gan ligean dóibh scaipeadh ar
fud na páirce; ansin rug sé Mr Ormsby leis ar ais go
dtí an baile mór ag caitheamh a bproinne. Níor luaithe
glanta leo iad ná gur éalaigh an Foghlaeir chuig na
trinsí cócaireachta ar ais féachaint an éireodh le Scip
stéig eile den fheoil a aimsiú agus a bhreith chucu.

Shuigh Máirtín ar a shó ag ithe a choda agus gan
aird aige ach ar a phaiste beag féin den saol; déirighe
na glórtha ceochánta ar gach taobh de ina g'ónáan
patchodlatach beach. Ghabh sé den fheoil leathróstr
leathdhóite, rinne í a stróiceadh agus a mheilt faoina
fiacla láidre, bhain súlach aisti, gan de chuimhne ná
de thuiscint ar chúrsaí cogaidh aige ach ab ionann le
maidrín an Fhoghlaera féin. Bhí fear beag donnsúil-
each ina shuí in aice leis, é ag alpadh prátaí. Chaoch
an strainséir súii air go cairdiúil.

'Cérbh as sibh?' d'fhiafraigh sé.

'Ó Shliabh an Iarainn i gContae Liatroma. Tá mé ag ceapadh gur Ultach tú féin?'

'Aidh mon. Cóp an t-ainm, Gearaí Cóp. Ó Chontae Aontroma dom, ach tá mé ag cur fúm i mBéal Átha an Fheadha leis na blianta. Is fíodóir mé.'

Bhí an leidhcín clogaid buailte anuas go patmhíleata go dtí na cluasa ar a chloigeann caol, casóg ghorm na Fraince a bhí de dhá thomhas ró-mhór dó fáiscthe le strapaí bána faoina uachtar agus muilscíní smolchaite faoina íochtar; bhí deismireacht cainte na nUltach ina phluic agus gan de phaidir ná de bheannacht ar rinn teanga riamh aige ach 'Aidh mon.' Thug sé le fios do Mháirtín go raibh a chuid compánach go léir ina nUltaigh, iad go léir ag cur fúthu i mBéal Átha an Fheadha, a mbunús ina bhfíodóirí, gur thréig siad na seolta agus gur ghabh le saighdiúireacht chomh tiubh tapaidh agus a chuir Humbert cos leis i mBéal Átha an Fheadha. 'Sa Léigiún atá muidne. An Coirnéal Taoilinn i gceannas orainn. Tá Beairtlí Taoilinn ina Ultach fosta. Aidh mon.'

D'fhill an Foghlaeir agus a mhadra orthu. D'aithin siad ar Scip, ar na súile móra neamhurchóideacha, ar an soc simplí a bhí crochta roimhe amach, go raibh gaisce déanta aige. Ceathrú ramhar caoireola a bhí ina bhascaed ag an bhFoghlaeir. Ghearr sé lena sciar fhada í agus roinn na stiallacha feola orthu. Bhronn Máirtín smíste de ar an Ultach.

'Cé mhéid fear atá sa Léigiún sin agaibh?'

'Isteach is amach ar cúig chéad. Ní ghlactar ann ach an mhuintir is fiúntaí. Níl aon bhaint againne leis na scailliúin mhothallacha sin ó Chontae Mhaigh Eo nach bhfuil tuiscint dá laghad den pholaitíocht idirnaisiúnta acu ach stiúda marbh a dhéanamh de gach Protastúnach a chastar sa tslí orthu.'

Chuir Lúcás Mistéil a ladar isteach ag fiafraí an raibh seans ar bith go gcuirfí na Liatromaigh sa Léigiún. Gheall Gearaí Cóp go sollúnta dó go nglacfaí ar thoradh moille leo i reisimint phearsanta Bhonaparte féin ach an madra beag cliste sin a bheith acu. 'Ní liacht fear a chuireas cath,' ar seisean, 'ach an bolg a bheith lán ag an duine.'

Thaispeáin sé dóibh an muscaed Francach a bhí aige; chruinnigh siad thart air nó gur thug sé sainmhíniú ar an bpanna primeála agus ar an gcloch thine. Aidh mon. Thuig sé gach rud 'fá dtú' de'. Thug Sonaí Bán agus Seán Willí le tuiscint dó go raibh siad féin ar bís go bhfaighidís muscaeid agus éidí míleata ón nGinearál Humbert. Chroith an tUltach a cheann go dursanta docht. Bhí deireadh leis an tabhairt amach. Na scailliúin ghránna ó Chontae Mhaigh Eo a rinne praiseach den scéal sin, dúirt sé. Na héidí a fuair siad, dhíol siad sna tithe tábhairne iad ar dhiúigín biotáille agus isteach chuig an *commissariat* arís leo go bhfaighidís éidí eile. Cuid acu a fuair éidí faoi thrí agus a dhíol faoi thrí iad nó go raibh siad ar na stártha meisce agus ceoil tíre. Maidir leis na muscaeid, preits, a dhuine!—chaith sé seile tarcaisne—na guagairí garbhoilte, céard a dhéanfaidís leis na muscaeid a tugadh dóibh ach gabháil amach ag scaoileadh na bpréachán agus ag briseadh pánaí fuinneog agus gach cleas ba dheiliúsaí ná a chéile á imirt leis na háilleagáin nua a sheol Dia chucu nó go raibh ar na Francaigh stad a chur leis an tabhairt amach. Ní dhéanfaidís airm tine a eisiúint anois ach do dhaoine a bhí cleachta ar iad a láimhseáil.

Tháinig marcach de phramsáil ag déanamh orthu tríd an slua, duine dúdhualach faiseanta, cóta glas seilge ag sileadh leis.

'An sibhse na Liatromaigh?'

Bhíog Lúcás Mistéil go pras chun tosaigh ag freagairt gurbh iad.

'Mise an Captaen Éinrí Ó Catháin, *aide-de-camp* don Ghinearál Humbert. Tá bille ordaithe chun bia agam daoibh. Brón orm gur cuireadh moill oraibh— ní raibh fhios agam Mr Craigie a bheith tagtha—tá aithne agam ar a mhuintir. Gabhaigí mo leithscéal gur cuireadh an mhoill seo oraibh. Téanam oraibh, a fheara.'

Bhí Lúcás ag tosú a rá go raibh a gcuid caite acu cheana féin, ach d'éirigh an Foghlaeir roimhe amach agus thug a mhionn i láthair na bhFlaitheas nach ndeachaigh smut thar an sceadamán orthu ó bhéal maidine agus gurbh é an tAthair Féin a sheol an Captaen uasal chucu. Ghabh an Captaen a sheacht leithscéal leo agus siúd leis an díorma go léir in éineacht leis go dtí na trinsí cócaireachta ar ais arís. Sméid Máirtín a cheann ar Ghearaí Cóp agus tháinig an fealsúnaí fíodóra ar bogfheadaíl sa siúl leo. Labhair an Captaen go borb bríomhar leis an sáirsint-chócaire; an diúlach céanna a bhí ann agus má d'aithin sé a sheanchustaiméirí níor lig sé a dhath air. Nuair a bhí cóir cheart orthu d'fhág an Caiptín slán acu agus é ag gabháil a leithscéil leo an t-am go léir. Bheannaigh an Foghlaeir fiche uair dó go míleata agus go meidhreach agus chuir deilín paidreacha le hanam a athar agus a mháthar agus chuile dhuine a chuaigh roimhe ar shlí na fírinne.

Rug siad an chreach ar ais leo go gcaithfidís ar a suaimhneas í. Bulóga den arán geal a fuair siad den dul sin, agus ba chabach an tsuim a chuir siad ann mar ní ar an gcuid is gaigiúla den bhia a tógadh iad agus ba bheag duine orthu a bhlais a leithéid lena bheo. Ba chaomh chneasta a chuaigh sé faoi na fiacla acu, agus bhí an teanga amuigh ar Scip le cíorcas chun na gcrústaí a chaithidís chuige.

'Chuile dhíomá ormsa,' arsa an Foghlaeir, 'ach más mar seo don chogadh mór é, 's é an trua gan é ina chogadh againn chuile lá den bhliain.'

Thit táimhín codlata ar Mháirtín ina shleasluí ar an gcoinleach dó. Dordán guthanna ina thimpeall. Peadar Siúrtáin agus Seán Willí de Brún sa tsíorargóint cé acu bál iarainn nó ceaineastar a chaitheann an gunna mór. An fíodóir go géarchúiseach gonta ag ríomh cúrsaí na hEorpa dóibh, agus á rá nach dtiocfadh leis an bPápa féin teacht taobh na gaoithe ar Bhonaparte. Aidh mon. D'éalaigh an lá ar fad ó mheabhair air, glanadh gach ní saolta amach, gach aghaidh, gach guth, gach imní intinne; níor fhan ach cuisle na beatha ag lingeadh faoi sheanrithim na mara trí gach ball dá cholainn, súnna an ghoile go ciúin cíocrach ag claochlú an bhidh—toradh garbhoilte an talaimh—ina neart rialta réasúnta daonna, agus cliabh simplí na hóige á chorraí faoi anáil an tromshuain.

D'airigh sé go raibh duine éigin á chroitheadh. D'éirigh sé ar a uillinn go tromshúileach. Meisce chodlata air.

'An sibhse na Liatromaigh?' Aghaidh ainglí os a chionn. Aghaidh a raibh clúmh na hóige ar chuar cneasmhín an leicinn. Glór glinn glanbhéarla ag iarraidh rud éigin a chur ina luí air. Gurbh é an fo-leifteanant d'ainm éigin é. Go raibh sé ina *aide-de-camp* don Ghinearál siúd. Go raibh bille ordaithe chun bia ón nGinearál aige dóibh. Go raibh brón air gur cuireadh moill orthu. Go raibh rí-rá ag an gceann-cheathrú agus an Ginearál le buile de bhrí nár cuireadh cóir cheart ar chomplacht Robert Craigie. Ach dá dtagaidís anois leis go dtí na trinsí cócaireachta ... D'fhéach Máirtín air trí mheisce a mhíogarnaí.

'Vive la Révolution, Jackser!' ar seisean, agus shín sé siar athuair ina thromchodladh.

## 2

I Seirbhís Phoblacht na hÉireann,
Dé Domhnaigh,
27ú Lúnasa 1798.

A Bhean Ionúin,

Tá an tuairisc bheag seo á scríobh faoi dheifir agam i dteach tábhairne ag B —; ach ní

dócha go bhfaighidh mé áiméar ar í a sheoladh chugat
go luath, chomh corraithe is atá cúrsaí na tíre i láthair
na huaire.

Sea, a Isabelle. *Alea jacta est.* Tá an crann curtha.
Tá deireadh leis an gcaint, leis an gcaibidil, leis an
scéal scéil agus leis an uisce faoi thalamh. Tá mé in
airm agus in éide ar son Phoblacht na hÉireann.

Ná tóg orm é, a thaisce. Tá fhios agam gur gráin
leat an pholaitíocht, tá fhios agam gur in éadan do
thola a chuir tú suas le triall lucht na comhcheilge ar
sheomra suite an tí s' againne i Ráthfearnáin na
blianta deireanacha seo; agus anois beidh sé le rá
agat, agus ag d'athair, go bhfuil na comhchealgóirí
agus cuairteoirí na hoíche glanta leo ar an dá luas
chuig a gcróite folaigh, agus nach bhfuil d'amaideacht
ag duine ar bith acu ach ag d'fhear céile cúl a chur leis
an gcaint agus an tsíorchaibidil agus dul amach ar an
ród atá roimhe. Bíodh foighne agat liom, a Isabelle,
agus ná tóg orm é. Cuirfear an scéal go léir i dtuiscint
duit lá is faide anonn.

Is é is trua liom nach raibh deis agam cuairt a
thabhairt ar Ráthfearnáin agus tú féin agus na páistí
a fheiceáil sular thug mé an ród seo orm; ach le Deonú
Dé casfar faoi dhíon an tí sa bhaile arís sinn, nuair a
bheas an dlaoi mhullaigh curtha ar an obair seo
againn, agus bainfidh mé lán agus aoibhneas na súl
as mo chlann bheag, an triúr agaibh, mo bhean dhílis
agus an bheirt leanbh is ansa liom ar domhan.

Thairis sin, tá mé ar mhullach an tsaoil. Is mór an
faoiseamh aigne dom deireadh a bheith leis an amhras
agus leis an tsíorargóint intinne, agus nach bhfuil le
déanamh agam ach an gníomh simplí a chur i gcríoch.
Mairimse trí na huaireanta seo faoi shonas mór
anama, mar a bheadh duine ag maireachtáil trí
shaothar mór filíochta nó trí dhráma ceoil. Tá léargas
nua agam ar an duine.

Chodlaíomar aréir faoi chocaí féir i bpáirc ar
bhruach srutháin—ní ligfí isteach faoi dhíon na

mbothóg sinn. Shín mé féin agus do sheanchara E—
O—(nach cuimhin leat é, a Isabelle? an duine cneasta
a bhfuilimid go léir damanta aige, agus na cleasa
áiféise a d'imríodh sé d'fhonn spórt a dhéanamh dár
bpáistí i rith na saoire a chaitheamar ag Béal Átha
Ghil)—shíneamar beirt chun dreas codlata a chaith-
eamh taobh le taobh faoi bhlaincéid chapall tar éis
dúinn achainí bheag urnaí a sheoladh chuig an Athair
Síoraí, an fhad is a bhí ár gcuid fear, an chuallacht
bheag a thugamar ó Chontae Liatroma linn, ag
glacadh a scíthe thall is abhus i measc cocaí féir. Bí
bóthar fada siúlta againn agus ba ghearr go raibh
E — O — ag srannadh ar a sháimhín só, ach bhí imní
éigin orm a dhíbir an fonn codlata díom. D'éirigh
mé agus chuaigh ag spaisteoireacht le ciumhais an
tsrutháin. Bhí an oíche chomh ciúin airgeata sin gur
chuaigh díom mo smaointe a dhíriú ar inmhíniú na
heachtra a raibh tús curtha againn léi. Bhí lánghealach
an fhómhair in airde—gealach na gcoinleach a thugann
muintir na tuaithe uirthi—agus bhí uisce an tsrutháin
ag crónán agus ag drithliú chomh niamhrach sin thar
na clocha gur éirigh línte Séicspéir i gcuimhne dom:—

"Nach sámh é suan na gealaí ar an mbruach.
Suímis anseo agus ligimis do shéise ceoil
Sní faoinár gcluasa.'

Agus seoladh an ceol faoi mo chluasa. Samhlaíodh
dom gur ó chroí álainn na hoíche a tháinig sé, an
dordán bog téad a d'éirigh agus a d'ísligh ar an
gciúnas mar a bheadh dordbheidhil á sheinm i dtiún
le cruitireacht an tsrutha. Chuir an fhuaim mo shá
iontais orm agus dhruid mé ina treo. An gcreidfeá é,
a Isabelle? Cruinnithe ar an gcoinleach a bhí siad,
mo sheacht bhfear déag ar a nglúine, ceann-nochta,
faoi chaoinré na hoíche ag moladh Mháthair an
tSlánaitheora. Tuigeadh dom gurbh é an deasghnáth
creidimh ar a dtugann siad an Choróin Mhuire a bhí
ar siúl acu; bhí seanóir maol ag cur tús le gach alt den
órtha fhada, agus dordghuthanna na bhfear á fhreag-

airt arís agus arís eile; agus d'fhan mé ag faire orthu ó chúl coca féir nó go bhfuair mé léas beag tuisceana ar anam na muintire seo atá faoi mo cheannas.

Déantar an éagóir orthu, a Isabelle. Ná héist le d'áthair nuair a chuireann sé an bhréag agus an leisce agus an fhealltóireacht ina leith; má is minice féin don bhréag ná don fhírinne teacht i mbéal a ngoib, cuimhnigh gur de dheascadh an mhírialtais fhada a thagann sí. Ná héist le d'athair nuair a chuireann sé an bharbaracht ina leith: éist leo féin, mar a d'éist d'fhear céile aréir leo, ag múscailt na Máthar lena nguí shimplí, oíche chinn chogaidh. Cine ann féin atá iontu, amhábhar náisiúin. Neart mór cumasach ina chodladh ag feitheamh leis an bhfocal. Tá siad mar a bheadh leanaí scaipeacha a mhaireann ó lá go lá, gan cuimhneamh acu ar an todhchaí, gan taithí ar chúrsaí an tsaoil mhóir; tá siad éigríonna, a Isabelle, tá siad éidreorach, tá stiúradh agus scolaíocht de dhíth orthu, tá rosc catha a múscailte, gníomh gonta agus doirteadh fola de dhíth orthu—éist liom, a Isabelle, agus creid uaim go bhfuil poblacht de dhíth ar an bpobal seo. Ní hé an cáineadh a thuilleann siad uainne ach an tuiscint. Ní mór dúinn éisteacht leo agus cuid dá gcanúint a fhoghlaim. Déanann siad a smaointe i modh fileata, breathnaíonn siad an saol seo trí shúile an tsaoil thall, tá an chonstaic chanúna le sárú eadrainn chomh maith le constaic an chreidimh, ní labhraímid an teanga chéanna ——

Slán leat, a thaisce. Tá na drumadóirí ag greadadh a dtiompán ar an trsáid amuigh. Ní mór dom imeacht. Chuaigh mo pheann ar seachrán, ní dúirt mé leat an rud a bhí le rá agam. Ach beidh lá eile againn. Tabhair póg an duine do na páistí uaim. Go raibh an tAthair Síoraí ina aoire acu, nár lige sé dochar dóibh. Tá cúrsaí airgeadais &tc. &tc. faoi chúram ag Curran dom.

Le cion ó d'fhear céile,
Robert Stuart Craigie.

**3**

Ó Champa na bhFrancach ag Béal Átha an Fheadha,
An 14ú Domhnach tar éis na Cincíse,
i mBliain Ár dTiarna 1798.


Dia duit, a Bhean Uí Fhlannagáin,

Níl aon chailliúnt orm. Níl aon chailliúint ar Scip s' againne. Abair leis na comharsana go léir nach bhfuil aon chailliúint ar na buachaillí agus go bhfuil an tsláinte go maith acu. Cé chasfaí orm ar a sheanbhogadach thart anseo ag amhránaíocht ar phinginí ach Púicín Mac an Bhaird an Bailéadaí, agus gheall sé dom dar brí a mhionna go dtabharfadh sé an litir agus an beart seo chugat gan teip an chéad uair eile a bheadh a thriall ar Shliabh an Iarainn.

Tá mé ag cur dhá (2) unsa tobac chugat. Tá clúdach de pháipéar daite á gcumhdach, níor briseadh go fóill é, tá pictiúr de shean-chailleach air a bhfuil léine oíche uirthi agus caipín dearg agus na focail seo clóbhuailte go cruinn trasna an iomláin, *Liberté, Égalité, Fraternité, Tabac,* 3 *Fr.,* agus dá bhrí sin beidh fhios agat go maith é má phriocann an ainsprid Mac an Bhaird chun scian nó fiacail leis a chur isteach i ngnó nach mbaineann leis.

Anois a mháthair, ná bí ag ceapadh go bhfuil tú faoi chomaoin ar bith ag Mac an Bhaird, mar dhíol mise go maith é, thug mé sé phingin dó agus dhá bhulóg den arán geal, agus buíochas le Dia nílimid faoi chomaoin ag duine ar bith beo ach amháin ag Peadar Siúrtáin atá ag breacadh na litre seo dom, agus tabharfaidh tú glaicín ubh don Mháistir Ó Dónaill ag an gCrosaire as ucht í a léamh duit.

Lá ar bith a bheas do chiseán á iompar agat thart faoi Bhéal Átha Ghil b'fhéidir go n-iarrfá ar Chormac Rothwell ag an ngeata a rá le muintir an Tí Mhóir go bhfuil Máistir Robert ar mhullach an tsaoil agus an tsláinte go maith aige. Abair leis an Sagart Mór Mistéil go raibh mé ag cur a thuairisce agus go seolfaidh mé cúpla scilling chuige chun go léifeadh sé Aifreann Beag dúinn chomh luath is a bheas cóir cheart ar na himeachtaí seo agus caoi agam ar spleota beag airgid a mhealladh ó na *continentals* i modh tráchtála. Má chastar ort Saidhbhín Mistéil Theach an Dá Urlár, ise atá pósta thuas ar an Mhoing, abair léi nach bhfuil aon chailliúint ar a fear céile agus go raibh sé ag cur a tuairisce.

Céad slán agat, a mháthair. Tá súil agam go dtaitneoidh an dá (2) unsa tobac leat agus go mbainfidh tú sú astu. Tá fearthainn air, bhí fáinne a pósta á chaitheamh ag an ngealach aréir. Beidh cath againn amárach. Beir bua agus beannacht.

Is mise le hurraim,
Pádraig Ó Flannagáin, do mhac.


## 4


Máirseáil na bhfear. É ina fhear orthu, é faoi réim ag rithim na líne, ag feadaíl na bhfideog, at cnagarnach bhinbheach na gciotaldrumaí, ag tuargaint thairneach na mbróg trom, ag an bpriocadh, ag an mbrostú, ag an ngéarghríosú chun cinn, ag ollchumhacht rialta na mílte fear ag máirseáil: a Thiarna Aingeal, cheap Máirtín Dubh Caomhánach, nach méanar dúinn!

Bhí an píce fada ina uirlis eiteallach álainn, a mhéara daingnithe thar an sáfach air, an lann íogar

claonta i dtreo na scamall a tháinig ón bhfarraige
aduaidh ar lorg an tslua—lanna caola in airde, na
céadta agus na céadta acu, á n-iompar go borb buach
san éirí amach, an chruach gheal a mhúnlaigh an tine
agus an t-ord agus í ar luail anois mar a bheadh
bristeacha geala ar abhainn a raibh fuamán thuile an
gheimhridh ina glór. Mhothaigh sé sáfach an phíce
ina rud beo faoina mhéara, d'airigh go raibh feacht
caol paiseanta ag sní tríd an maide chuig an lann
iarainn suas.

'A thiarcais!' arsa Jack Duprat, 'tá na sála dóite
orm leis na diabhail bróga seo.'

Tráthnóna Dé Domhnaigh, agus bhí gach fear,
bean agus páiste, gach cat agus madra i mBéal Átha
an Fheadha, ag na doirse, ag na fuinneoga agus
amuigh ar na sráideanna ag breathnú, ag drannadh, ag
béicíl agus ag tafann ar na réabhlóidithe. Níor aithin
Máirtín é féin anois, bhí sé ina laoch de na laochra, a
phearsanacht báite faoi uaillghártha an tslua, aghaidh-
eanna anaithnide béalscaoilte ag liúireach chuige ó na
fuinneoga, leanaí bolgnochta á n-ardú go bhféach-
faidís air, tonn na líunna ina chluasa, an t-aer á
réabadh trí chordaí gutha agus trí fhiacla garbha
amach ina aon mhórgháir amháin screadaíola agus
garg-ghleo. D'at an scornach air, chrom sé ag roiseadh
na ngártha gan mhíniú uaidh mar chách. De réir a
chéile rinneadh an stoirm ghlórach a eagrú agus a
rithimiú nó gur gineadh dán di, dordán cumasach
catha a bhí ar aon dul le béimeanna na mbróg;
stealladh an dord dána as na céadta scornach amach;
ba ró-chuma na focail, ba iad fuinneamh agus fuaim
an amhráin a d'fhuascail agus a chuir in iúl an bhrúch-
taíl chine a eagraíodh chun gnímh i mbaile mór
aoldaite i gceart-iarthar na hEorpa an tráthnóna
Domhnaigh sin.

*'Tá na Francaigh 'teacht thar sáile ars' an tSeanbhean
Bhocht!'* chanadar de ghlórtha garga ceochánṭa
gaelacha.

D'airigh sé athrach tobann i mbéimeanna na mbróg:
ag dul thar an droichead a bhíodar: léargas nóiméad
aige ar bholgshúilíní bídeacha an uisce ag sleamhnú
thar na clocha, ar an mbratach ghlas ar foluain ag
ceann an Léigiúin, ar na pící claonta ar cuarghluais-
eacht roimhe thar chruit an droichid. Nóiméad eile
agus bhí deireadh le haolbhallaí Bhéal Átha an
Fheadha, bhí caora dearga sceacha an bhóthair ina
thimpeall.

Caisleán an Bharraigh. Ainm eile. Bhí an eachtra
anaithnid roimhe agus rompu go léir amach. D'fhéach
Jack Duprat i leataobh air agus scéin ina shúile. 'A
Mháirtín,' ar seisean, 'is ar éigean atá tarraingt na
gcos ionam sna bróga mallaithe seo.'

Nuair a bhí dhá mhíle slí curtha díobh agus céad-
ruathar na máirseála ídithe orthu, tháinig Máirtín
chuige féin agus faill aige a chompánaigh a thabhairt
faoi deara agus an riocht ina raibh siad. Ag spágáil
roimhe a chuaigh sé i rang deireanach an chomplachta,
Seán Willí de Brún agus an bheirt cheoltóir, Jack
Duprat agus Taimí Mac Niallais, sa siúl leis. Thar
bharra na bpící roimhe amach bhí amharc aige ar dhá
dhroim, droim toirtiúil faoi éide ghlas agus droim
seang faoi chóta dubh mar a raibh Robert Craigie
agus Mr Ormsby ag brostú chun cinn ar na capaill;
tamall maith chun tosaigh orthusan bhí maithe agus
móruaisle an Léigiúin agus an bhratach ghlas ar
pholla in airde ag marcach óg den uasaicme. Ar chúl
Mháirtín go díreach tháinig na fíodóirí, Gearaí Cóp
ina sháirsint orthu, éidí Francacha nó cuid díobh ar
gach fear, muscaeid ar ghuaillí chucu agus dreach
tuisceanach mórbhailteach glanbhearrtha ar aghaidh
gach duine acu. Sna sála orthusan tháinig culgharda
an Léigiúin, marcaigh Ghaelacha, miúileacha fúthu,
pónaithe agus gearrchapaill sléibhe, féasóga fiáine go
brollach ar mhórchuid na bhfear, agus ní dheachaigh
druidim ar an mbéal orthu ach iad ag fógairt báis
agus buanscriosta do Mhilíste Mhaigh Eo.

Ba é sin an Léigiún, cúig chéad fear den chuid ab éifeachtaí de na reábhlóidithe náisiúnta, an bhratach ghlas chun tosaigh orthu, na sléibhteánaigh stóinsithe ag marcaíocht ar chúl.

Ní raibh radharc ar bith aige ar Humbert agus na Francaigh, ach thuig sé go raibh siad i bhfad rompu amach, gur imigh siad chun bealaigh dhá uair a chloig roimhe sin, an marcshlua, an cos-slua, an t-ordanás.

Tamall maith chun deiridh ar an Léigiún lean mórchuid na réabhlóidithe den ghéarchoisíocht. Ó am go ham tugadh léargas do Mháirtín orthu agus é ag breathnú siar le fána an bhóthair—an mathshlua ildathach ilbhreac tiubh, an dá mhíle díobh, na taoisigh go glórach géarchainteach ag iarraidh smacht agus eagar a choinneáil orthu, clogad nó casóg nó bríste míleata na Fraince ar chorrdhuine, ach giobail bhochta na hÉireann ag sileadh leis an tromlach, cuid mhaith ag cur an bhóthair díobh de chosa nochta, pící, spealanna, gunnaí foghlaeireachta, corráin, feacanna sluaistí agus rámhainní, coigil tuirní agus gach gléas troda dá amscaí go fiú loiní na gcuinneog ina nglaic, agus rún dubh díoltais i gcroí gach uile dhuine den drong dhanartha agus den chuallacht chlifeogach agus den mhórshiúl liobarsach neamh-mhíleata náisiúnta an lá sin.

Chun deiridh ar an ruathar uilig tháinig an bagáiste, scuaidrín de thruacailí agus de chairteanna tuaithe, agus díorma beag den eachshlua Francach mar chúlgharda ar an iomlán. Trí thailte féarmhara Mhaigh Eo ghabhadar, thar chuibhrinn choirce agus eornan faoi bhuí-aibíocht an Fhómhair, thar gharraithe díomhaoine an Domhnaigh, thar na botháin shuaracha dhíonghlasa mar a dtagadh súile fiáine óg agus aosta chun dorais ag stánadh amach orthu ón dorchacht istigh. Chuaigh brúchtaíl na scamall chun tiubhais os a gcionn; in ard an tráthnóna d'éirigh géarbhach gaoithe á shéideadh i gcúl a gcinn orthu aduaidh.

Ag treabhadh roimhe riamh is choíche, asal ar

adhastar aige agus dhá phardóg ar longadán ar gach taobh de, siúd leis an bhFoghlaeir Flannagáin chun cath a chur ar Ghaill. Dosaen de bhulóga aráin sna pardóga aige, cnapán maith mairteola, ailp de bhagún saillte, blaincéidí, clóca breá fearthainne, pota iarainn, sábh beag láimhe agus canna stáin líonta go boimbéal le huibheacha lachan; agus ar mhullach pardóige acu, gan ar fhis ach a shoc sotalach, siúd le Scip ag marcaíocht ar a shuaimhneas. Níor lig Robert Craigie air go bhfaca sé an tranglam seo, ach leath an dá shúil ar Mr Ormsby nuair a chonaic sé an t-asal agus a ualach.

'Ná déanadh sé lá tinnis duit, Mr Ormsby a chailleach,' arsa an Foghlaeir, 'nó fuair mé an t-iomlán san *commissariat.*'

Bhí Lúcás Mistéil síos suas leo agus fuadar mór faoi á mbrostú agus á ngríosú chun eagar ceart na máirseála a choimeád. Bhí Lúcás tar éis a cheaptha ina sháirsint agus is é a bhí go postúil pras, muscaed Francach ar strapa chuige agus a fholt dubh catach in aimhréidhe ag an ngaoth. Sonaí Bán Mac Reachtain agus Seán Willí de Brún a bhí ceaptha ina gceannairí deichniúir. 'Ceannaire!' chuireadh Peadar Siúrtáin de chogar an tseanbhlais trí chúinne a bhéil ó am go ham. 'Ceannaire! Dia dár gcumhdach. Agus cén t-iontas ach go gceapann an smuilcín gur ceaineastar stáin nó slabhra meirgthe d'úmacha capaill a chaitear as béal ordanáis na laetha seo!'

Bhí drochbhail ar Jack Duprat. Ní raibh ann tar éis an tsaoil ach slataire gasúir, na bróga ró-mhór dó agus iad ag luí go nimhneach ar a chosa. D'iarr sé cead ar Sheán Willí dul i leataobh uathu tamall go dtabharfadh sé fionnuaradh dá chosa dóite i ndíog an bhóthair. D'fhéach Seán Willí go hamhrasach air.

'Ceannaire! Dia dár gcumhdach,' arsa Peadar Siúrtáin. 'Ná bac leis an sampla ceannaire sin, a bhuachaill, ach cuir do cheist ar an sáirsint.'

Chuir. Dhiúltaigh Lúcás an t-iarratas ar an bpointe.

Nach raibh fhios aige go raibh a bheag nó a mhór de thríocha míle slí le cur tharstu? Nach raibh fhios aige—'

'Téanam ort, 'Jack,' arsa Máirtín Dubh go grod. 'Bain díot an druma go gcuirfidh mé insan *commissariat* é.' Cheangail an Foghlaeir an druma ar dhroim an asail mar a raibh pící na gceoltóirí trusáilte cheana féin, agus threoraigh Máirtín an gasúr leis go taobh an bhóthair agus chuir air na bróga a tharraingt de. Nochtadh na cosa balbha neamhurchóideacha. Iad céasta thar a n-acmhainn ag spiorad an duine. Gan bonn dá laghad leis na giobail stocaí aige, méara na gcos scólta faoi, an craiceann ídithe de na sála agus an fheoil dhearg ar fhis trí dhaolphluda allais agus fola. Bhí gliográn deas uisce ag sileadh le fána sa díog; rinne Jack bocht a chosa a thumadh go buíoch ann, d'fhan tamall agus a chorp ag íbheadh íocshláinte an fhíoruisce an fad is bhí an marclach faoi mheidhréis ag gabháil thar bráid agus gach fead fonóide agus gáirsiúlachta á scaoileadh go géar uathu ina threo. D'fhan Máirtín go dúr ag fulaingt an tséideáin sithfheadaíola sin. Thóg sé péire stocaí a chniotáil Saidhbhín dó as a phaca agus chuir iachall ar Jack iad a tharraingt anuas air sular ghabh sé na bróga amscaí chuige arís. Siúd chun reatha leo beirt thar lucht na fonóide amach nó gur shroich siad a n-ionad féin arís. Bhí Lúcás ag breathnú faoi mhalaí na míshástachta ina dtreo.

'Go raibh maith agat, a Mháirtín,' arsa Jack. 'Tá buidéal póitín agam i mo mhála agus cúiteoidh mé na stocaí leat má bhronntar sos beag bóthair orainn.'

'Meas tú, cá bhfuair Lúcás an muscaed sin?' d'fhiafraigh Seán Willí.

'Ní mé,' arsa Máirtín. 'Ach 'sé an sórt duine é Lúcás go dtagann rudaí ina threo.'

Ag dul thar ardchlár aitinneach dóibh ghéaraigh ar an ngaoth, scaipeadh taoscán de dheora móra boga fearthainne anuas orthu, leathnaigh scáil thar pháirc agus tost thar an saol, cuireadh deireadh le gáire, le feadaíl, le fonóid, ní raibh le cloisteáil ach crúite na gcapall ag teilgean ar chloch, díoscán rothaí na dtrucailí, siosarnach mhórshiúltach bhodharshilteach na mílte cos ag gabháil don tslí. Thíos rompu amach taibhsíodh dóibh réimse den liathuisce agus bristeacha beaga colgacha á ngealadh air ag an ngaoth.

'Loch Coinn,' d'inis Gearaí Cóp dóibh. 'Rachaimid síos ar an taobh thoir de agus tá sé ina bhóthar mór trí Bhéal Easa againn caol díreach go Caisleán an Bharraigh isteach.'

An clapsholas á dhorchú ina dtimpeall, an loch á leathnú agus á shíneadh go marbhloinnireach rompu. Lean siad ar aghaidh cúpla míle slí ar an mbóthar go Béal Easa. Ansin, ag leanúint cheann an cholúin dóibh, chas siad faoi dheis, d'fhág siad an bóthar mór, ghabh siad de chaolbhealach achrannach a chuaigh ag tabhairt gach cor dá chastacht roimhe thar cheann an locha siar.

'Cleas catha,' chuir Lúcás in iúl dóibh, ag breith scéala ó Robert Craigie chucu agus cuma an tsaineolais mhíleata le sonrú air. 'Déanfaidh Humbert ionsaí gan choinne ar Chaisleán an Bharraigh. Beidh na Gaill go léir san airdeall orainn ar an mbóthar mór, ach gabhfaimid den chúlbhealach seo tríd na sléibhte agus buailfimid bob binn bríomhar ar an seanbhastard Sasanach.'

'Cé acu seanbhastard?'

'Búistéir Loch Garman. An Ginearál Lake.'

'Mí-ádh milis ón diabhal faoina mhása míchumtha!'

Is ansin a d'éirigh an monabhar míshástachta agus an drantán casaoide i measc na bhfíodóirí. Gearaí Cóp á rá go raibh Humbert glan bán amach as a chéill, nach dtiocfadh leis an t-ordanás agus an bagáiste a bhreith leis thar na casáin charraigeacha agus thar na scraitheanna bogaigh, nach dtiocfadh leis na fir féin oilithreacht mire oíche mar sin a chur tharstu agus cath a thabhairt an lá dár gcionn.

Lig Máirtín don argóint a ghabháil thairis. Bhain
sé feidhm as cois a phíce agus é ag sracadh le fána
agus le haimhréidhe an bhealaigh roimhe. Dar leis
go mbeadh fios a ngnóthaí ag na maithe agus na
móruaisle a raibh stiúradh na heachtra seo faoina
gcúram, nach raibh le déanamh aigesean ach cos a
bhualadh thar chois amach ar lorg na cinniúna.

Shleamhnaigh an domhan mór thart ar a acastóir
á mbreith uilig ón solas, cnámha an bheo ar a chosa
agus cnámha an mhairbh faoin gcréafóg, agus bhí an
oíche ann agus deireadh lae.

5

Cros Mhaoilfhíne, uair an mheán oíche, tine chnámh
i lár na sráide. Lansaí caola fearthainne ag lingeadh
isteach i gcroí na mbladhairí. Ghabh siad thar bráid,
duine ar dhuine, ag gluaiseacht ón dorchacht isteach
faoi thamaillín den deargsholas, aghaidh agus aghaidh
eile fós, na réabhlóidithe. Faoin hata béabhair, faoin
gcaipín tríchúinneach, faoin gclogad fliuchbhrúite,
faoin mapa gruaige, faoin bhféasóg chatach, faoin
gcraiceann braonsnoite, léirigh solas na tine an
aghaidh chéanna: cnámh an ghrua, agus cnámh an
chloiginn, mogaill dhoimhne na súl beo, creatlach
chnámhach aghaidh an duine ag caitheamh a téarma
faoi léas ar luastar di ón dorchacht go dtí an dorchacht
i bhfliuchras oíche.

Glórtha ón dorchacht ag glaoch orthu. 'Cuimhnígí
ar Luimneach!' 'Cuimhnígí ar Uilliam Orr!'

Glórtha sráidbhailteacha i bhfliuchras oíche. Cuimh-
nígí air seo. Cuimhnígí air siúd. Aghaidh agus aghaidh
eile, an aghaidh chéanna, ag gabháil thar bráid trí

chuimhne chine. Aon tiún amháin á sheinm ar thiompán na gcluas orthu. Cuimhnígí.
Ar Luimneach.
Ar Uilliam Orr.
Ar aghaidh.
Cuimhnígí.

## 6

Bhíog splanc ghormgheal tintrí ag scianadh na hoíche rompu. Léargas nóiméad acu ar bhalla sceirdiúil sléibhe, ar cholún fada scáinte fear ag lúbaireacht agus ag dreapadh rompu tríd an aduantas. An dorchacht arís, drumaí na toirní. Stróiceadh an spéir ina dhá leath, ligeadh caise fearthainne anuas sa mhullach orthu, caise throm chársánach a chuaigh ag drumaíocht ar a ndromanna cromtha, a chuir an smig sáite sa bhrollach orthu. Gach glam dá gcuireadh an toirneach di is ea is treise a d'imir an chlagarnach fearthainne a fíoch orthu, ling sí anuas mar a bheadh sí ina rud beo le crága confacha á n-ionsaí.

Bhrúigh Máirtín a leiceann leathmhaing ar a ghualainn á chúbadh féin roimh an stoirm uisciúil, mhothaigh an steall bhraonfhliuch ag teacht faoi bhóna a chóta lachtna agus ag sileadh síos idir ceirt is cneas. Sciortaí a chóta ar maos báite agus iad á ngreamú go fuarshilteach dá lorgaí thíos, an cosán crochta ina easán sléibhe faoi, na steallóga uisce ag éalú trí phoill na n-iallacha isteach sna bróga aige. Lean air ag spágáil roimhe go dorrga dúr.

'Aidh mon!' chuala sé ina chogar searbh ón dorchacht. 'Cleasa catha! Ionsaí gan choinne ar Chaisleán an Bharraigh! Aidh mon!'

É ina aonar arís. Ainm aonarach san dorchacht, é féin, Máirtín Dubh Caomhánach, an réabhlóidí, toirneach neimhe ag gunnaíocht air. M mór, C mór, a dúirt sí, d'ainm féin a Mháirtín, agus ba chaoin a luigh a lámh ar a dhorn dalba ag treorú an phinn di thar pár. É i dtámhnéal taibhrimh ag spadchoisíocht roimhe, dhá shúil ina chuimhne, iad ar ghoirme bhláth an lín. É féin agus í féin faoi fhrathacha giúise na hoíche ar dhromchla an tsaoil . . .

Go tobann bhíog gach céadfa ina dhúiseacht chuige, mhothaigh sé an scraith ghliogair ina thimpeall, é ag sleamhnú go caola a chos inti. Sonaí Bán Mac Reachtain taobh leis, greim uillinne greamaithe aige air, á shábháil. Tháinig rith allais faoi éadach an droma chuige, tuiscint na contúirte. Guthanna géara scáinte thall is abhus.

'Ar strae atáimid, a Mháirtín,' arsa Sonaí Bán. Bhailligh scata acu le chéile, ag argóint, ag caitheamh achasán le Humbert agus le géarleanúint na stoirme. 'Stadaigí! Stadaigí!' chualathas ina rabharta orduithe trí smál maolbháite na hoíche. Glór Lúcáis ar an láthair chucu. 'An bealach tirim ata caillte againn agus sinn amuigh ar an mbogach. A leithéid de chiseach! Robert Craigie tite dá chapall agus Mr Ormsby imithe le haer an tsaoil ar mhuin an ghearráin bhuí—an tintreach a phrioc chun mearbhaill reatha é.'

D'éist siad. Síorshioscarnach na fearthainne ina dtimpeall. Ach d'airigh siad an preabadh beag tríthi.

'An druma,' arsa Máirtín. 'Tamall ar chlé.'

D'iompaigh siad i dtreo na drumaíochta agus siúd leo ag útamáil tríd an bhfraoch fliuch nó gur aimsigh siad an bealach slán. An Foghlaeir Flannagáin gona *commissariat* rompu, é chomh díonmhar le hubh faoina chlóca breá agus é ag greadadh go toll ar thiompán an druma a bhí ina phúscadh ón bhfliucras. Bhailigh Lúcás le chéile iad agus ghabh siad ar aghaidh ar lorg an asail a chuaigh go caolchrúbach cliste ag déanamh eolais an bhealaigh dóibh.

'Cá bhfuil Jack Duprat?' d'fhiafraigh Sonaí Bán.

Freagraíodh-go dochma nach bhfacthas é, nárbh é a bhí ag déanamh buartha dóibh mar Jack Duprat. 'Caithfidh gur amuigh ar an mbogach atá sé,' arsa Sonaí Bán. 'Tá mise ag dul á chuardach.' D'iompaigh sé uathu. Mhaolaigh ar an gcoisíocht ag Máirtín Dubh. Ba dhoicheall croí dó a chúl a chur leis an gcuideachta, a aghaidh a thabhairt ar uaigneas an phortaigh arís. Cér chás leis-sean Jack Duprat, an gaigín nár rug chun an chogaidh leis ach fastaím de dhruma agus buidéal póitín? 'Rachaidh mé leat, a Shonaí,' ar seisean.

Thug siad beirt a n-aghaidheanna chun na síne. 'Jack! Jack!' ghlaoigh siad. Gan de fhreagra orthu ach fothram sloigthe siolpaithe na gcéadta coiscéim amuigh ar an scraith ghliogair. Ba atuirseach an mhaise do Mháirtín é, ba dhrogallach a dhruid sé ón talamh slán gur ghabh sé ag smúracht roimhe amach ar an mhoing. Fianaíocht agus fastaím. Tóraíocht an mhadra bháin aige é, an oíche ba ghránna dar luigh ariamh anuas ar an sliabh. Sa bhaile an t-am sin bhí na smutáin tine ina gcaora beodhearga ag stánadh amach trí luaithreach na coigilte, an fhearthainn ag gíosáil ar an tuí os a cionn mar a raibh sí sínte ar an leaba ·chlúimh i gcroí an chiúnais. 'Jack! Jack!' ghlaoigh sé. Chuir sé a mhallacht go binn leis mar Jack, mar oíche, mar chogadh, mar—Dia idir sinn agus an anachain—éirí amach. Ar aon chuma, bhí de shásamh aigne aige go raibh an scraith curtha ar an gcruach aige agus an mhóin slán ó gharbhshíon na hoíche seo. 'Jack! Jack Duprat!' ghlaoigh sé.

Glór piachánach ag freagairt air ag deireadh thiar. Faoi thom aitinn a tháinig siad ar an slataire bocht, gan de scáth ón gcithbhraon aige ach a chasóg cuachta thar a cheann. Ar deireadh na péice a bhí sé. D'ardaigh siad ina sheasamh é, chas géag leis thar mhuineál gach duine acu, agus siúd leo ag brath na slí rompu go dtí an talamh slán.

Léim bladhm tine rompu as an dorchacht aníos. Tháinig na scórtha fear chun amharc na súl dóibh, scáileanna éidreoracha ar seachrán oíche idir iad agus léas na tine. Chas siad go léir i dtreo na lasrach agus ba ghearr go raibh an bealach cloch-chrua faoi bhoinn a gcos arís. Séithleach seanduine a bhí i bhfeighil na tine, gan d'fhallaing ar a chnámha loma ach sean-bhlaincéad agus é ag dáileadh brosna aitinn ar na bladhmanna le píce féir chun eolas na slí a dhéanamh dóibh.

'Go gcúití an Fear Mór agus a Mháthair leat é,' arsa Sonaí Bán.

'Mhaise, tá fáilte romhat, a mhic,' arsa an seanduine agus faghairt na lasrach sna súile silteacha aige. 'Deirtear go mbeidh sé ina charabunca dearg agaibh i gCaisleán an Bharraigh amárach. Deirtear sin.'

D'fhág siad Jack Duprat faoi chúram an tseanduine ó ba léir nach raibh seasamh na gcos sa gharsún, agus bhrostaigh siad leo ar scothshodar chun bealaigh thar chreatlach charraigeach an tsléibhe.

Tranglam fear, clampar agus gleoisíneacht cainte a bhain stad den ruathar orthu. D'aithin siad glór Lúcáis tríd an ngleo. 'Bhfuilimid chun an oíche ar fad a chur isteach ar an sliabh mallaithe seo!'

'Céard é an mhoill seo orainn?' d'fhiafraigh Máirtín.

'Gunna mór de chuid na bhFrancach—tá rothaí an charráiste ar sceabha as siocar a gcnagarnaí thar an gcarraig.'

Tóirsí giúise faoi bharr lasrach ag soilsiú ar aghaidheanna braonfhliucha na bhfear a bhí cruinnithe thart ar an gcarráiste, agus ar chromáin chithloinnireacha na gcapall idir na caraí, ar chlárfhiacla geala coimhthíocha, ar chorpán an ghunna mhóir sínte faoina chlúdach tarpóil agus binb á baint ag slata na fearthainne as. Tormán casúireachta, fíochmhaireacht comhairle agus friothchomhairle, an Ghaeilge agus an Fhraincis á meilt ar a chéile in aon siansán de chabaireacht dhátheangach idirnáisiúnta a raibh níos mó de mhallacht ná de phaidir an dá thír le sonrú uirthi. Sea mhaise, bhí spraoi theanga ar shliabh acu an oíche sin.

Nuair a bhí na rothaí i bhfearas acu, baineadh smeachán de lasc ar chromáin na gcapall, thugadar amas mire faoin mbóthar, chuaigh an carráiste de thurraing chun tosaigh agus é ag longadán ó thaobh taobh, baineadh stad arís de, na capaill faoi lasc fuipe agus teanga ag stoitheadh leo agus na crúite ag scinneadh fúthu. Ba léir gur ar na cosa deiridh a bhí siad.

'Níorbh fhearr déanta againn,' arsa Máirtín, 'ná na capaill a fhuascailt agus sinn féin a ghabháil de na caraí air.'

Léim Lúcás chun gnímh, duine ab ea é a dtaitníodh an sórt sin gaisce leis. Siúd leis de shonc gualainne tríd an slua gur rug greim ar na húmacha agus é ag scairteadh orthu na capaill a scaoileadh. Rinne siad rud air agus ba ghearr go raibh scór fear i ngreim ar na caraí. Taobh thiar den charráiste a chuaigh Máirtín agus Sonaí Bán gur chuir siad a nguaillí faoi na sáilíní. 'Tarraingigí, a fheara!' arsa Lúcás. Tharr-aing. Ar aghaidh leis an gcarráiste de chor obann chun tosaigh, lean air ag bacadradh roimhe thar charraig agus trí loganna leachta an bhealaigh. Seo amach leis an bhfo-oifigeach Francach, scafaire slinneánach a raibh croiméal go cluasa air, gur chuir sé cos thar mhuin a staile capaill, gur nocht a chlaíomh agus gur bhain croitheadh geal as an lann faoi chrónsolas na dtóirsí. *'En avant, braves gens!'* ar seisean.

Thiomáin na réabhlóidithe rompu nó gur maolaíodh ar an gcéadruathar caithréimeach ag faltanas agus doicheall an tseandailtín sléibhe. Fuair siad stró leis, ach bhí an fhadfhulaingt de dhlúth iontu agus is go fonnmhar a chuaigh siad ag dréim leis an airteagal anaithnid cogaidh sin a seoladh de chabhair orthu thar lear.

Bhí neart a ghualainne á imirt ag Máirtín Dubh aniar air. Féitheoga a oileadh ar an ngarbhobair, féitheoga a múnlaíodh faoi mhoghsaine agus faoi mhíriail, bhí siad faoi straidhn anois ag an aigne a d'fhéach chun obair na hoíche a chur i gcríoch. Uaireanta don mhútóg mhísheolta sin d'fheithicil scinneadh i leataobh gur sciorr na bróga tairní faoi, uaireanta don charráiste sciuird reatha a thabhairt le fána gan choinne gur tarraingíodh Máirtín ar a bhéal faoi, gur bhain a ghlúin tolgadh den charraig fúithi. Ar fán a chuaigh na smaointe air. Ní bheadh deireadh go deo leis an oíche bhrocach. Béal Átha an Fheadha, an t-arán geal, gártha an tslua an tráthnóna sin— seachtain fhada ó shin dar leis—Cros Mhaoilfhíne, búrthaíl na toirní, spágaireacht a dhá chois 'trí chríocha mar óinmhid ar strae'—

Bhí lúth a choirp agus a chéadfaí ag dul i léig.

Béarlagar éigin cainte á stealladh ag an bhFrancach orthu. Baineadh stad tobann den charráiste. Bualadh cnámh a ghéill de phlimp i gcoinne stainse iarainn. Meabhair a chinn ar strae i gciorcail mhóra phianghinte. Sonaí Bán agus greim gualainne aige air á chroitheadh. 'Éirigh, a Mháirtín. Tá an mhuintir eile ag déanamh uainíochta orainn.'

Sheas sé cois bealaigh, na súile iata aige, idir fhuil agus fhearthainn ag sileadh ina bhéal isteach. Scáileanna strainséartha ag gabháil thairis. Guth muinteartha ag deireadh thiar. An Foghlaeir Flannagáin agus an t-asal cluas-silte ag spalpadh rompu an t-am go léir. Ar aghaidh. Lámh leis leagtha ar imeall na pardóige. Teanga the fhliuch ghasta ag lí na méar air. Cairdeas an ainmhí i dtráth dhuifean anama an duine. Ar aghaidh.

'Sráidbhaile éigin,' arsa an Foghlaeir.

Stró aige ag ardú caipíní tuirseacha na súl. Craos mór tine. Plód fear, gnúiseanna á ndeargadh trí léithe na fearthainne. Robert Craigie rompu ina staic bháite. Lúcás arís, ag glaoch orthu.

'Céard deir sé, a Fhoghlaeir?'

'Leathardán. Sráidbhaile damanta éigin. Sos uair a chloig againn, deir sé.'

Bhí leaba fhlocais i lár na sráide agus í ina bladhaire tine, steallta nimhneacha lasrach ag éirí in airde aisti, gach aghaidh, gach guth, gach smaoineamh cinn á phlúchadh faoi bhréanscamall deataigh. Cnaganna ar dhoirse, glórtha casaoideacha ag éileamh bia agus dí. Ba gheall le tromluí oíche ag Máirtín é.

Roinn an Foghlaeir bulóga aráin ar an leathdhosaen de na Liatromaigh a bhí bailithe ag Robert Craigie, agus thug bolgam an duine dóibh as buidéal de bhainne géar a bhí aige san *commissariat*. Ba gheall le taibhse bhodach na fianaíochta é ag cosaráil thart ina ollchóta fearthainne tríd an solas ifreanda. Shín Máirtín fad a choirp le talamh, chuir a dhroim le balla éigin, milseacht an aráin faoina fhiacal, bréantas na leapa dóite faoina pholláirí.

'A Mháirtín a chailleach, cérbh é an Uilliam Orr a bhí á chur i gcuimhne dúinn ag an muintir sin thiar?'

Ba róchuma leis. Siar thar chúl a chinn thit sé i nduibheagán codlata.

## 7

Tháinig guth ag glaoch air trína thromluí.—Éirigh suas, a Mháirtín. Thuig sé gurbh é guth a mháthar a bhí ag glaoch air. Ní raibh a haghaidh in amharc dó. Dhearc sé a bunchóta scarlóideach, na cosa nochta máithriúla ina seasamh ar an urlár dubh. Cuireadh i gcéill dó go raibh an leaba dóite agus mhothaigh sé a chorp á neadú i dteas agus i dtaise, solas léimneach ina thimpeall, a bhéal á thachtadh ag bréantas toite nó gur scread sé uirthi as a thámhnéal uamhain. D'fháisc sí é, d'airigh sé na géaga láidre á chaomhnú faoi chumhracht na gcíoch, á fholú ón imeagla, agus chuaigh siad, an bheirt acu, an doras amach in úire na hoíche.

Chuir an radharc faoi dhraíocht é. Bhí an chruach mhóna trí thine agus d'fhair sé na haithinní beaga dearga ar snámh san aer mar a bheadh dusta an óir i nduibhe na hoíche, agus rinne sé sclugaíl gháire fúthu, chomh gleoite is a bhí siad, nó gur tuigeadh dó go raibh brúchtaíl bhogchaointe faoin ucht máthartha mar a raibh sé ina luí.

Fir arda a bhí iontu, líne díobh ina gcolgsheasamh, cheap sé go raibh a gcuid cótaí trí thine, chomh dearglasta is a bhí siad faoi sholas na mbladhairí, agus bhí sceana caola ag drithliú ina measc. Bhain sé aoibhneas na súl as an lasair scarlóideach ach níor thaitin an drithle leis, b'fhearr leis nach mbeadh sceana fada ag drithliú agus ag drithliú, agus b'fhearr leis nach mbeadh cosa a athar ar snámh san aer mar a bhí siad.

Spága bána tárnochta. Ba chúis náire dó iad. Puiteach dubh ón gclós idir na méara. Rith sé leis gur thuig sé na focail Buachaillí Bána a chuala sé, agus bhí an guth i gcónaí ag glaoch air.—Éirigh suas, a Mháirtín Dhuibh.

Damnú uirthi mar oíche. Bhí ualach dubh anuas air a ndeachaigh sé ag coraíocht leis. Bhí an dorchacht ina rud beo, ina scamall de chuileoga gorma ar bogchronán ina thimpeall, agus cé go raibh an guth i gcéin ag impí agus ag síorimpí air níor fhéad sé bogadh dá laghad a bhaint as a ghéaga agus bhí na cuileoga confacha ag satailt de mhionchosa ar a éadan agus bhí a n-eiteoga agus a gcronán i bhfostú ina chuid gruaige.

Rith sé leis i dtobainne nárbh é a cheann féin a bhí faoi smúit na gcuileog, ach ceann an fhir chrochta. D'fhéach sé den chéad uair ar aghaidh a athar. Mapa

fionn gruaige, ceann gan pioc feola, gan súil ar bith
sna mogaill, é ar adhastar ar rópa cnáibe faoi ghlóire
na gealaí agus drabhas protastúnach ar fhiacla loma
an chambhéil a d'oscail agus a dúirt: Abair le do
mháthair go raibh mé ag cur a tuairisce.

Chuile dhíomá ormsa, arsa an Foghlaeir, tá Éire
aontaithe ag deireadh na téide.

Éire. Lean an t-ainm ag cnuasach saibhris ina
intinn. Ba mhian leis rún an ainm a nochtadh, thabhar-
fadh sé cuid mhaith ar a háille a fheiceáil fornocht;
ach chuaigh de, mar a chuaigh i gcónaí de, saibhreas
na haislinge a ionchollú agus a chnuasach i bhfocal
cruinn, agus níor nochtadh dó ach bréantas na toite
istigh agus geonaíl an mhadra san oíche amuigh.
Mhothaigh sé an brollach máithrúil ag éirí agus ag
titim faoina leiceann, fuair sé léargas ar an aghaidh a
bhí claonta os a cionn. Súile ar ghoirme bhláth an lín
agus aithinní beaga órga ar snámh iontu.

Ní rachaidh siad isteach ar an urlár chugat, a
thaisce, ar seisean.

Leag sé lámh go ceanúil ar a coim. Mhothaigh sé
inti an chleitearnach, iomlat an ruda nua a bhí ag
sracadh chun maireachtála ina broinn, agus chuaigh
sé in éad agus i bhformad leis an toircheas a bhí ag
teannadh chucu, ba ghráin leis an guth a bhí ag
glaoch trína thromluí air chun éirí suas.

## 8

Ba ghráin leis an guth géar a bhí ag giobadh as. Chúb
sé a chorp isteach faoi thaise a chóta lachtna, chúb sé
a aigne isteach faoi fhallaingeacha codlata ag iarraidh
an guth sin a sheachtaint. 'Éirigh suas, a Mháirtín,'
bhí Seán Willí de Brún ag impí air.

Nochtadh linn bheag spéire os a chionn dó agus
scuaidrín réaltóg ar snámh inti; bhí an deoir dheiridh

silte ag an bhfearthainn, ach b'ait leis go raibh an oíche chéanna go fóill ina thimpeall. Bhí an tine in éag, gan ach scearóidí bídeacha dearga ag glinniúint trí luaithreach na leapa dóite, geoin chainte agus trangláil mhór fhear agus bheithíoch ar an tsráid. B'é a dhícheall aige slat a dhroma a dhíriú, bhí na géaga stalctha dolúbtha air, bas dar chuimil sé dá éadan mhothaigh sé an láib agus an fhuil calctha air. 'Brostaigh ort, a Mháirtín.' Glór Sheáin Willí ag griogadh ina chluais. 'Dhá mhíle dhéag le cur dínn fós go Caisleán an Bharraigh.' Mí-ádh milis air mar Chaisleán an Bharraigh, an phaidir mhúscailte a rith leis.

Ba de dhua mór a d'éirigh le Robert Craigie na Liatromaigh a aimsiú ina nduine is ina nduine sa dorchacht agus iad a fhuascailt amach ón ngleithreán fear breac-mhúscailte a bhí ag plódú an tsráidbhaile. Bhí Lúcás Mistéil go breá briosc sáirsintiúil ag bogadach thart, ag búireach ar a chuid fear agus á dtíomáint tríd an mathshlua roimhe; bhí Seán Willí ag déanamh aithrise air, ach is go bog réidh a chuaigh an dara ceannaire, Sonaí Bán, i mbun a dhualgais: níor mhaith an sás é bealadh a chur faoi ioscaidí duine ar bith.

Cuireadh eagar máirseála orthu ar an mbóthar taobh amuigh den sráidbhaile mar a raibh na fíodóirí bailithe cheana féin ag Gearaí Cóp. Is ansin a léiríodh an rí-rá faoi réaltóga na maidine, gleoiréis, achrann, eascainí, driopás mór ag *aides-de-camp,* oifigigh ag stealladh orduithe agus friothorduithe uathu, iad ag iarraidh a gcuid fear a aithint i measc na codraisce uilig agus an Léigiún a eagrú agus a bhrostú chun bealaigh. Ní dhearna Robert Craigie ach suí go dúghnúiseach ar an chapall, é préachta leis an bhfuacht, a chuid fear faoi airm agus faoi réir aige agus a chroí dlíodóra á chrá leis an tuataíl agus leis an amaitéaracht mhíleata a bhí ag bruth ina thimpeall.

Bhí na Liatromaigh go léir i láthair, ach amháin

Jack Duprat agus Mr Ormsby nach raibh tuairisc ar bith air ó d'imigh an gearrán buí le báiní faoi na splancanna tintrí. Bhí beithíoch úr faoi Robert Craigie, budóg bhléinfhairsing de láir dhearg.

'Ón sagart a fuair sé í,' d'inis Seán Willí dóibh.

'Cén sagart?'

'An tAthair Mac Conraoi, an sagart paróiste san áit seo. Deirtear gurbh eisean a chuaigh go Béal Átha an Fheadha agus a chomhairligh do Humbert an ruathar seo a thabhairt trí na sléibhte in ionad gabháil don bhóthar mór.'

'Cléiriciúlacht!' arsa Gearaí Cóp a bhí ag éisteacht leo. 'An cogadh féin, níl sé saor ó chur isteach ag na sagairt sin agaibh!'

'Cén bhaothchaint é sin agat, a chracaire?' Bhíog Peadar Siúrtáin amach, cochall feirge air. 'B'fhearra duit soc a chur i do bhéal, a Ultaigh, agus an scalladóireacht mhí-Chríostúil sin a fhágáil faoin lucht Oráisteach in íochtar Éireann.'

'Dá mba in íochtar ifrinn don údar cogaidh a chomhairligh an trangáil oíche seo, sea is amhlaidh ab fhearr do mhac mo mháthar é.'

'Ní deas uait an chaint sin agus tú i d' Éireannach Aontaithe.'

'Níl na hÉireannaigh aontaithe a thuilleadh, a sheanóir, ach scaipthe ina spruadar gan spionnadh ar bhogach an tsléibhe uaidh seo siar go Cros Mhaoilfhíne. Aidh mon.'

'Ní ar an sagart atá a locht sin ach gurb é toil Dé é.'

Chuir an ciotaldruma deireadh leis an aighneas. Rug siad na pící chun na nguaillí chucu, sháigh siad ar aghaidh.

'Cén t-am é?' d'fhiafraigh Máirtín.

D'iniúch Peadar Siúrtáin na réaltóga. 'Dhá uair a chloig roimh éirí gréine.'

Tost gruama. Béimeanna na mbróg agus clingeacha chrúite na gcapall. Ar aghaidh.

Nuair a tháinig fionnóg na maidine orthu taibhsíodh

na haghaidheanna mílítheacha guaireacha dá chéile, nochtadh droim dúghlas Robert Craigie ar longadán in airde rompu, fionnadh asal an Fhoghlaera ina chrónbhrat slíochtha ag díle na hoíche, an bhratach ghlasuaine ar crochadh go fann ina filltíní tromfhliucha, na fiódóirí ag máirseáil go dursanta in ord is in eagar, imill pháipéir na gcafarr Francach ina maos brúite orthu agus an dath silte anuas ar a n-éadain.

De réir a chéile tháinig an taobh tíre chun marbhshoiléire, caorán leathan fraoigh agus cíbe, mám mantach sléibhe ós a gcomhair amach. Ba shamhailchomhartha do Mháirtín agus dóibh go léir é, an mám caol solais sin idir dúbhallaí na gcnoc. Deireadh le brionglóid. Thar an scoilt sin amach bhí an réadachas ag feitheamh orthu, bhí an namhaid, bhí Caisleán an Bharraigh. D'fhair an gasúr, Antoine Mac Reachtain, an scoiltín geal le súile scaollmhara.

'Meas sibh, an mbeidh gunnaí móra ag an mBúistéir Lake?' d'fhiafraigh sé.

Níor casadh freagra air. Mhair ceist an ghasúir ag piocadh ar a n-intinn. Thiomáin an colún fear rompu mar a bheadh maighnéad á dtarraingt chuig an mám maidineach úd. Toradh tochmhairc. Corp na réabhlóide le saolú tríd an tseanbhearna chaol.

Bhí Máirtín Dubh Caomhánach ina lándúiseacht, an chluas agus an tsúil ar a bhfaichill. Chonaic sé na seanchreatlacha liathuaine cnoc á n-oscailt amach faoi theacht an tsolais; chuala sé trostal an cholúin máirseála á ghéarú ina chliotaráil agus ina thruplasc tollbhéimneach nuair a ghabh ceann an Léigiúin sa bhearna isteach. Toirnéis chrúite agus bhróg ina macalla meonbháite idir na ballaí gruaimfhliucha cloiche a d'éirigh ar gach taobh díobh faoi bhreacadh lae. Ruaigeadh na smaointe uilig ar fán air ag an olltoirnéis sin faoi chuibhreann na gcloch. 'Stadaigí! Stadaigí!' ina ghéarordú tríd an tormán. Stad siad go neirbhíseach ar shála a chéile, chúlaigh an tormán ina thonn uathu le fad na bearna siar. D'fhéach sé go faichilleach ina thimpeall, ag breithniú an chiúnais, é ina phríosúnach ag na ballaí taisdorcha cloiche. Thall amach trí bhéal na bearna uaidh bhí an lá nua ag glinniúint . . .

Clagarnach muscaed a chuir na macallaí ag frith-léimneach tríd an mbearna. Chaoch na súile air, chúb sé roimpi. Siúd amach le Lúcás Mistéil thairis gur thosaigh air ag dreapadh na carraige. D'fhair siad go léir é. Glam eile ó na muscaeid, níos faide ar siúl den dul seo, dá n-ainneoin féin chrom siad a gcinn. Bhí Lúcás ar bharr na carraige ag breathnú uaidh ó dheas. 'Cótaí dearga!' chuir sé de scairt as. 'Na céadta acu!'

Mar a bheadh scata malrach faoi sceitimíní fiosrachta, bhris siad amach ó na ranganna agus siúd leo ag streachailt agus ag crúbadach suas le gach taobh den bhearna. Ón mbarr in airde bhí radharc ag Máirtín ar fháinghleann féarmhar á shíneadh ó dheas chuig ardán fochoillteach. Díorma scaoilte de mharcaigh faoi éide dhearg ag teitheadh ar cos in airde i dtreo an ardáin. Drong dhlúth de choisithe Francacha ar leathghlúin ag scaoileadh leo. Líne thanaí den eachshlua Francach ag teannadh de chuar-ruathar isteach orthu, moingeanna agus eireabaill na gcapall silte le gaoth, na claimhte cama nochta go soiléir faoi chéadbhloscadh an lae. Mar a bheadh cluiche á imirt acu, figiúirí beaga gorma agus dearga sa rás mire. Na dearga ba thúisce a shroich an t-ardán; chonaic sé sciotaí bána a mbrístí diallaite ag imeacht thar fhiaradh an chnoic.

'Céard tá ar siúl, a sháirsint?' scairt Robert Craigie ón mbóthar aníos.

'An t-eachshlua dearg, a Chaptaein. Tá siad sna filimintí reatha roimh na Francaigh!' arsa Lúcás.

'Ó, a Chaptaein a chailleach, tá na ruifínigh shalacha ag glanadh leo mar a bheadh scata coiníní ann,' arsa an Foghlaeir.

'A bhuíochas leis an bhFear Thuas, tá an cath buaite againn cheana féin,' arsa Peadar Siúrtáin.

D'éirigh na liúnna caithréimeacha ó na carraigeacha mar a raibh mórchuid na réabhlóidithe bailithe agus béal mór orthu ag faire na heachtra; caitheadh caipíní san aer, rug siad barróga barr-áthais ar a chéile, d'aithris siad arís agus arís eile go raibh na cótaí dearga ag teitheadh rompu. Chuaigh Scip an Fhoghlaera ar pocléimneach agus ag amhastrach go géar gangaideach le dúil sa scleondar; bhí daoine á rá go raibh deireadh leis an gcogadh cheana féin. Ruifínigh dhearga ag teitheadh. A bhuí le Dia. Radharc nach bhfacthas i gConnachta le céad blian anuas. Bundúin bhána na mbrístí diallaite ina dtáinrith scéine. D'inis agus d'athinis siad an scéal le teann áibhéile dá chéile, agus is iomaí scrogall a baineadh de bhuidéal póitín ar an nóiméad sin.

Bhí na hoifigigh ar a ndícheall scairtí ag iarraidh iad a bhailiú agus a atheagrú in ord na máirseála. D'fhéach Robert Craigie le cur ina luí ar na Liatromaigh nach raibh sa bhaicle dhearg a ruaigeadh ach díorma beag scabhtála, agus go raibh Caisleán an Bharraigh rompu go fóill, sé mhíle fear ar a laghad faoi Lake agus Hutchinson ann, idir Cheithearn, Mhilíste, agus aonaid sheantriailte d'arm rialta Shasana.

'Is beag de thábhacht mhíleata atá ag baint leis an eachtra bheag scabhtála a chonaic sibh,' ar seisean.

'Is beag sin,' arsa Gearaí Cóp go tur,—'ach amháin go bhfuil teipthe ar an ionsaí gan choinne ar Chaisleán an Bharraigh againn!'

Ach níorbh fhéidir le seanbhlas an fhíodóra an t-ardú meanman a chloí iontu. Ghlac Taimí Mac Niallais an fhideog chuige agus ghluais siad le spionnadh beag ceoil ar aghaidh trí bhéal na bearna amach.

Corpán faoi éide dhearg sínte cois bealaigh. Sórt fiosrachta faití orthu á scrúdú. Aghaidh óg faoi thaobhfhéasóg fhionn, súil shioctha, an béal mar a bheadh sé ag íbheadh dhrúcht an fhéir. Chuaigh gíog na fideoige

in ísle brí, ach níor chuir an bás suntas ar bith iontu
agus iad ag gabháil go leithscéalach thar bráid.

9

Bhí Humbert chucu. D'éalaigh an t-ainm ina iomrá
cíocrach ó bhéal go béal. D'fheicfidís ag deireadh thiar
lena súile cinn é, an figiúr finscéaltach, an t-ionchollú
ceannasaíochta a phrioc agus a thiomáin trí ghéar-
leanúint na hoíche iad go dtí an láthair seo.

Bhí an t-arm go éir scartha amach ina líne ionsaithe
sna páirceanna méithe taobh amuigh de Chaisleán an
Bharraigh: na Francaigh gona n-ordanás ar chlé, an
Léigiún i lár baill, an tromlach de na réabhlóidithe
Éireannacha ar dheis. Bhí na páirceanna agus na goirt
arbhair mar a bheadh fáschoill de phící caola ina
gcolgsheasamh.

Trí huaire a chloig a thóg sé orthu an t-eireaball
fadálach fadsínte fear a eagrú i modh catha; bhí an
ghrian ina meall buí sa spéir cheana féin agus í ag tál
teasa ar na nascanna nóiníní ar an maolchlaí a
chlúdaigh an baile mór agus forneart an namhad ó
radharc na súl orthu.

Bhí Humbert ag teacht á bhfiosrú. Tógadh an gháir
i measc an mhórshlua dhocheannsaithe ar dheis;
stróiceadh téadáin ghutha de thréan scairtí, bhris siad
ó na ranganna chun stánadh ar an bhFrancach,
scaoileadh urchair mhearaí, raideadh pící agus giúir-
léidí troda san aer, guíodh gach beannacht Ghaelach
air agus ar an gcuallacht oifigeach a tháinig ag
marcaíocht ina dhiaidh. D'aithris siad a n-ainmneacha
agus a dteidil go heolasach dá chéile,—An Ginearál
de Bláca, Ard-Cheannasaí na Réabhlóidithe Éireann-

acha; an Captaen Éinrí Ó Catháin, *aide-de-camp* don Ghinearál Humbert; An Coirnéal Beairtlí Taoilinn, Ceannasaí an Léigiúin; An Coirnéal Ó Domhnaill, Ceannasaí an Eachshlua Éireannaigh; an Ginearál Sarrazin, Leas-Cheannasaí an Airm . . .

Ó rang go rang ghabh an garbhghleo molta le fad na líne. Bhí Robert Craigie suite ar láirín dearg an tsagairt giota chun tosaigh ar líne a chomplachta; ar dteacht don Ghinearál in amharc dó, thiontaigh sé a cheann i dtreo na Liatromach agus dúirt go feargach trína fhiacla, 'Ná bíodh gíog asaibh!'

'Ciúnas anois, a fheara,' arsa Lúcás ag freagairt don leid. 'Dírigí pící! Féachaigí ar aghaidh!' Rinne siad rud air. Choimeád Máirtín a aghaidh chun tosaigh ach d'fhéach sé thar chúinní a shúl ar an marcach a bhí ag teannadh leo de bhogshodar thar an bhféar.

An Ginearál Humbert. Gearrdhuine odhar a chonaic sé, plucaire d'fhear stóinsithe faoi bhláth a mhaitheasa, caincín maith sróna air, na súile beaga ar leathdhrod. Láir bhánfhionn seilge faoi agus a heireaball go síodúil ar sileadh léi, maorgacht na dea-fhola i gcuar a muiníl. Postúlacht i ndreach an fhir, cuma air nár chuir sé suim sna himeachtaí, iarracht de dhraothadh domlasta ar a thanaghob ag gabháil thar na Gaeil amach dó.

Ba ar éigean a d'éirigh le Humbert gan néal codalta a ligean sa mharcaíocht dó. Súil níor dhruid sé le cúig uaire dhéag roimhe sin. Ach níorbh aon tráth sáimhríochta aige é. Thuig sé an tsáinn ina raibh sé féin agus a chuallacht bheag compánach ón bhFrainc aneas. Cibé rún a bhí ina gcroíthe ag fágáil La Rochelle dóibh gur ar shlí na glóire a bhí a dtriall, ní raibh dalladh púicín ar bith ar an nGinearál agus é ag breathnú ar ranganna clifeogacha a airm bhig an mhaidin Luain seo lámh le Caisleán an Bharraigh.

*Que diable!*

Ní raibh réabhlóid ar bith ag borradh i dtírín iargúlta seo na sléibhte agus na moingeanna agus na

spéartha liatha. Cá raibh an t-éirí amach a gealladh
dó? Cá raibh suim mhór na nÉireannach i réabhlóid
na Fraince a cuireadh i gcéill don *Directoire*? Bhí a
chosúlacht ar an muintir seo nár chuala siad cogar
ar bith go fóill faoi réabhlóid na Fraince, agus má
chuala, gur bhain an scéal leis an gcreideamh Cait-
liceach a chur chun tosaigh agus gurbh é Pápa na
Róimhe ba bhun agus ba thús leis an iomlán. A
leithéid de chiseach pholaitiúil!

Thuig an Francach go raibh sé sáinnithe i gceart.
Ní raibh na mílte fear fuinniúil á suíomh le buile go
dtiocfadh sé le hairm agus le héidí a bhronnadh orthu,
ní raibh na sluaite ag brú isteach sna bailte go
n-eagrófaí iad faoina cheannas agus faoina bhratach.
Bhí maithe na huasaicme ag fágáil a dtithe móra
agus ag teitheadh roimhe. Bhí péasúin cheachartha
na tuaithe díreach mar phéasúin na hIodáile Thuaidh,
an béal bocht orthu agus an deilín diaganta ar sileadh
leo, agus iad ag freastal an áiméir chun bob margaidh
a bhualadh ar an gcoimhthíoch agus an phingin is
daoire a éileamh ar an earra is suaraí. B'fhacthas dó
go raibh an tír seo ar easpa na meánaicme, lucht na
ngairmeacha, an *tiers état* déanfasach a sheifteodh
agus a stiúrfadh cúrsaí réabhlóide—ní raibh inti ach
an uasaicme Rialtais, an *ancien régime,* ar thaobh
amháin, agus sclábhaithe gortacha na tuaithe ar an
taobh eile, agus díobhsan níor ghabh isteach chuige
ach an dornán beag, an míle go leith acu, nár aithin
stoc an mhuscaeid thar a ghob, agus gan na pící
fada féin ag an mórchuid acu. Sea mhaise, bhí sé
sáinnithe i gceart mar Humbert, mac bocht na
Gascóine.

Na seolta ardaithe ag a chuid loingis agus iad
glanta leo thar sáile abhaile. Cabhlach na Breataine
ag smúracht thart faoin gcósta. An bealach éalaithe
dúnta air agus gan súil ar bith aige go n-éireodh le
fórsa dá laghad teacht ón bhFrainc de chabhair air.
Bhain sé sult searbh as an gcuimhneamh go raibh

maicín a mháthar san fhaopach den iarracht seo. Tugadh le fios dó ag Easpag Chill Ala go raibh níos mó ná céad míle fear den Arm Ríoga scaipthe ar fud an oileáin agus iad á gcruinniú faoi dhithneas cheana féin chun a ionradh beag dána a threascairt de dhroim talaimh. Agus thall ansiúd i láthair na huaire, trasna an ghleanntáin roimhe amach bhí an cúig nó an sé mhíle díobh ag fuireach leis, ionad daingean tofa acu ar ardán idir dhá loch, riasc os a gcomhair amach agus baile mór ar a gcúl, a sciar fiúntach den mharcshlua agus de bhatairí ordanáis leo, saighdiúir gairmiúil seanchleachta i gceannas orthu, codladh na hoíche caite acu ar a suaimhneas agus bricfeasta na maidine ina mbolg.

Céard é do fhreagra air sin, a mhic na Gascóine? *J'attaque!*

Bhreathnaigh sé de chatsúil ar na ranganna leibid-eacha, na giúirléidí troda, na spealanna, na súistí, na giobail éadaí, na súile fiáine a bhí dearg dóite de dheascadh na heaspa codlata; bhreathnaigh sé an fhíochmhaireacht chun troda a bhí beag beann ar smacht ná ar eagraíocht mhíleata agus a thug dóibh brú agus scinneadh chun tosaigh chun go stánfaidís air, a Uaisle an Ginearál Francach, agus grágaíl fhiáin de liúnna molta á tógáil acu ina gcanúint bharbartha scornúil dhorcha féin. *Que diable.* Chuir siad péasúin La Vendée i gcuimhne dó, an dream dalba a thug cúl le rath na haoise nua agus a mhair ina dtailte iargúlta ar an sean-nós aineolach, dearcadh amach na meán-aoiseanna acu, creideamh Romhánach na sagart agus piseoga págánacha na seanbhan ina meascán mearaí trína chéile mar pholaitíocht acu ag cothú éirí amach na speal agus na sluaistí i gcoinne réabhlóid na n-ainchreidmheach agus na sráideánach, fuadar mór fúthu chun siopaí a loisceadh agus an bairille biotáille a ligean, grá mór acu don chreach agus don argain oíche, ach go mbídís ina seiceadúirí **fánacha** agus go dtitidís ina slaodá faoi **lámhach an** tsaighdiúra ghairmiúil agus faoi thuargaint an ordanáis ach go háirithe. Bhreathnaigh an Ginearál Réabhlóideach an choiminisc Ghaelach. Rinne sé meangadh beag domlasta ag meabhrú dó ar choiminisc eile, ar pháirc eile, tráth ar fhoghlaim sé a cheird. Nárbh íorónta mar chinniúint í a sheol anois go La Vendée ar ais arís é, an tírdhreach céanna, an bharbaracht, an fhearthainn agus an t-aineolas ceanann céanna, ach amháin go raibh na péasúin ragmhuineálacha in ainm a bheith faoina cheannas den dul seo. Eisean a bhánaigh na teampaill agus a chroch na sagairt, siúd anois chun troda é agus na sagairt chéanna ag tabhairt comhairle a leasa dó, agus daoscarshlua dall na meánaoiseanna as a sciúcha scallta ag gul gach beannacht ba do-thuigthe ná a chéile ar a cheann. *Que diable!*

Lean sé ar aghaidh thar stoirm na Gaeilge amach. Dhearc sé go cruinn iad as bléinte a phúcshúl, thug faoi deara a airde a bhí siad, an loime, an téagar agus an aclaíocht a bhí sna géaga nochta. Bhí ábhar an tsaighdiúra i ngach uile fhear acu. Dá mbeadh am a dhóthain aige, dá bhfaigheadh sé an deis chuige, dhéanfadh seisean an choiminisc ainrianta sin a dhealbhú agus a fhuineadh i mbuíon mhíleata a sheasfadh an fód ar pháirc ar bith, i ngéibheann ar bith, ar phlántaí na hEorpa. Ach bhí ciall cheannaigh ag an mac Francach seo. Thuig sé nach mbeadh an t-am aige, nach bhfaigheadh sé an deis, nach raibh an dara suí sa bhuaile aige ach a dhualgas a chomhlíonadh go pras, cibé ar bith fórsa a bhí aige a chaitheamh isteach i gcraos an chatha, buille diongbháilte a dhingeadh in éadan an namhad a bhí roimhe, agus don diabhal leis an todhchaí.

Thriailfeadh sé miotal na bpéasún. Mhúinfeadh sé alt nó dhó de theagasc creidimh an tsaighdiúra dóibh —bhí cuid bheag de sin de ghlanmheabhair acu ó ruathar na hoíche aréir—ach dar Pápa na Róimhe bhaistfeadh sé faoi thine iad an mhaidin sin. Bhí siad **ag** smaoineamh ar iompú ina réabhlóidithe, agus **dar na muca** beannaithe bhaistfeadh sé iad.

D'fhair na Liatromaigh an Ginearál ag gabháil thar bráid. Iad ar peiriacha. É ag gluaiseacht faoi chochall a chlú. Séideán d'aer coimhthíoch an domhain amuigh ag gabháil leis. An Trídhathach á iompar ag meirgire roimhe amach. An meangadh beag domlasta ar a bhéal agus cuma air go raibh a bhrionglóid ar an mbua.

D'ardaigh Robert Craigie a hata go fuarbhéasach. Thiontaigh Humbert a cheann gur thug sracfheachaint as na súile leathdhruidte ar an gcomplacht beag deasheasta. Rinne sé smidín d'umhlú cúirtéiseach i dtreo Robert Craigie. Ba mhó mar chúis mórtais dóibh an chúirtéis sin. Nuair a bhí an scuaidrín oifigeach ag dul thart d'umhlaigh siad go léir go righin gonta do Robert Craigie in aithris ar an nGinearál, ach amháin an Captaen Ó Catháin a chroith a lámh go cairdiúil chucu agus a ghlaoigh amach i nglan-Ghaeilge,—

'Maith sibh, a Liatromacha!'

Mhaigh a ngealgháire orthu. Níor luaithe as amharc don Fhrancach ná gur chrom siad go gliondrach ag déanamh comhghairdis lena chéile, agus ag aithris faoi mar a d'umhlaigh Humbert do Robert Craigie. Níor lánsástacht anama go dtí é. Bhí snagaíl éigin sróine ar Robert Craigie féin agus lean air ag monabhar, 'Maith sibh, a bhuachaillí. Togha na bhfear. Tá mé faoi chomaoin agaibh,' agus é ag séideadh a shróine go tiubh.

Bhí na pócaí lán de bhrioscaí Francacha ag an bhFoghlaeir Flannagáin agus roinn sé orthu iad chun an ócáid a chomóradh.

'An íosfá briosca, Mr Craigie?' arsa Sonaí Bán agus aoibh dhéadgheal na cúthaileachta air.

'Go raibh maith agat, a cheannaire.'

Ní raibh cath ná cogadh ag déanamh buartha dóibh an t-am sin, ach bród orthu gur thug an Francach cáiliúil faoi deara iad, agus go raibh Robert Craigie ag gabháil go cíocrach do na brioscaí mar dhuine ar bith. Ní raibh de dhrochmhúineadh orthu go stánfaidís air, ach bhí fhios acu go maith, agus ba mhór leo an t-eolas, go raibh ocras ar an gCaptaen mar a bheadh ar Chríostaí ar bith agus go raibh níos mó ná leath-dhosaen de na brioscaí a ghoid an Foghlaeir meilte faoina chamfhiacla. Dhéanfaidís rud ar bith air, rachaidís trí pholl portaigh dó an t-am sin. Mh'anam go rachadh. Togha Captaein. Scoth na bhfear, mar ba dhual athar dó. Cur amach mór aige ar an dlí agus ar chúrsaí na tíre, ach é ina dhuine cneasta simplí tar éis an tsaoil, gan postúlacht dá laghad ag baint leis ach an greim bia á chaitheamh aige go cairdiúil ina gcuideachta. Cuma air go raibh sé ag éisteacht go cruinn leo, é ag iarraidh nathanna a gcuid canúna a thuiscint.

'Céard é an bheannacht a chanann sibh tar éis bia, a Fhoghlaeir?'

'Go mba slán an *commissariat,* a Chaptaein!'

Séideadh an trumpa ar chlé. Chrom Robert go fuastrach ag cuimilt bhruascar na mbrioscaí dá bhrollach agus d'fhéach lena chlaíomh a fhuascailt dá thruaill. Bhíothas á lua go raibh an t-ionsaí le tosnú. Ghabh fuadar mór agus gleoiréis ullmhucháin ó cheann ceann na líne. Bhain Lúcás Mistéil an muscaed dá ghualainn agus d'ordaigh dóibh lanna na bpící a shá chun tosaigh. Sméid Robert Craigie a cheann agus a chlaíomh orthu.

'Ar aghaidh, a bhuachaillí,' ar seisean.

Siúd leo de thurraic ar shála a chapaill i dtreo an chlaí.

# AN LEABA DHEARG

## 1

B'fhacthas dó go raibh gach clais agus gach claí ag cur thar fóir leo. Iad dearg, iad glas, iad bánghorm; ranganna dearga daingne, ranganna dlúite naimhdeacha a bhí ní ba ghlaise ná glaslínte na sceach; lansaí go slim taghdach in airde, leathar snasta ag glinniúint, na céadta bratach ag luascadh in éineacht, figiúirí beaga suite ar mhuin each mar a bheadh siad gearrtha amach go ríshoiléir ar an taobh eile den ghleann éadomhain nach raibh thar mhíle slat ar leithead. Thuirling sé den mhaolchlaí i ndiaidh Sheáin Willí, rith leis ag cur na sál roimhe le fána, greim báis aige ar sháfach a phíce, a shúile dírithe ar an ardán breacdhaite roimhe amach.

Ghluais an slua réabhlóideach ina shaithe charsánach liath le fána ar gach taobh de, liúnna mórtais agus scairteanna orduithe ag freagairt dá chéile, 'Éire go bráth!' 'Cruinnígí le chéile!' 'Gheop, a chailleach!' 'Ruaigígí an t-urphost sin ag ceann an locháin!' 'Maigh Eo abú!' 'Cuimhnígí ar Luimneach!' 'Suas go deo leis an diabhal *Révolution!*' Chuaigh na bróga troma agus na ladhracha nochta ina gcéadta ag scinneadh go haclaí thar an gcoimín, chuaigh marcaigh ar phónaithe sléibhe ar mire reatha agus fóda á raideadh siar óna gcrúba deiridh. Ní raibh de shamhail ar an ionsaí ag Máirtín ina intinn istigh ach tuile gheimhridh ag géarú ar a luas go bruach easa.

Labhair an chéad ghunna mór on ardán anall. D'fholmhaigh an saol air, fágadh ina aonar é agus luchóigín bheag eagla ag creimeadh ina bholg. Gunna agus gunna eile ag labhairt nó go raibh fallaing dheataigh á séideadh thar an ngleann agus go ndearnadh bál beag fuilteach den ghrian. Choimeád sé den rith tríd an gcrónsmúit, é ag faiteadh na súl roimh na splancanna tintrí a ling ina gceann is ina gceann ón gceo duaibhseach a chlúdaigh an t-ardán. Fuaim ina chluasa mar a bheadh bairillí ag titim ar chlocha pábhála, feadaíl chaol nimhneach á fí tríd an iomlán. Bhí mar a bheadh balla imeagla roimhe á chosc, bodhraíodh na cluasa air, dúnadh a shúile ar fad, ní raibh fhios aige arbh bheo nó mharbh dó i gcroí na hoirfide miotalaí. Céim ar chéim tháinig síothlú ar fhorógra na ngunnaí móra, taibhsíodh linnte ciúnais tríd an tormán, stróiceadh an ceo deataigh faoi bhriota beag gaoithe agus nuair a d'oscail sé a shúile arís chonaic sé an ghrian ag taitneamh trí scoilt sna scamaill anuas air, grian mhaol anaithnid nach raibh gaol ar bith aici le máthair an tsolais a thaitníonn ar chruacha móna agus ar chocaí féir i ngnáthshaol an duine.

'Dia linn!' ar seisean ina intinn féin, 'seo againn é, seo againn é ag deireadh na scríbe, an cogadh mór!'

Taispeánadh dó go raibh sé ina luí ar a bhéal faoi. D'éirigh sé ina sheasamh, d'fhéach le hiontas ar na diasa eorna a bhí go brúite aimhréidh ina thimpeall. Ní raibh fhios aige ó thalamh anuas céard a thug dó bheith ar an ionad sin.

Ní raibh de chomhartha sceimhle a thuilleadh air ach fonn urlacain faoina phutóga. Sheas sé ina staic amadáin ag amharc ar an bhfear mór bláfar a bhí os a chomhair amach idir na crainn troim ag bun an

chuibhrinn. Leath a bhéal air, ní raibh sé in inmhe cos
a bhogadh, baineadh geit chomh mór sin as nuair a
chonaic sé cé bhí ann. Ceithearnach faoi éide scar-
lóideach a bhí mar a bheadh sí ar lasadh thar fhlúirse
bhuí na heorna, Hely Hankins má bhí sé beo, sean-
Hankins ó Dhroim na Seanbhoth sa bhaile. Muscaed
á dhíriú aige. Phléasc an t-arm de splanc agus de
phlimp. Scinn sianaíl bheag gaoithe thar a chluais
amach. Tháinig racht feirge faoi a thiomáin é tríd an
eorna fhliuch a bhí ag teacht go glúine air, olc ina
chroí aige don chuilcín scarlóideach a raibh de
dhánacht ann piléar aighnis a scaoileadh leis-sean,
Máirtín Dubh Caomhánach ón Moing. Mhúinfeadh
sé fios a bhéasa dó. Dar a raibh ag Dia, chéasfadh sé
é de rinn a phíce. Liúigh duine éigin taobh thiar de.
Cúlfhéachaint dar thug sé chonaic sé Lúcás Mistéil
agus an gunna glais Francach dírithe aige, a shúil ar
claondearcadh le fad an bhairille. Plimp! Chuaigh an
t-uasal Hankins ar fiodrince, lig gíog bheag as mar a
dhéanann an giorria nuair a imríonn an cú fíoch a
fhiacaile air.

'Sin é an chaoi chun ceacht a mhúineadh do
mhaistín!' arsa Lúcás. Chrom sé ar lódáil eile a
phulcadh isteach i ngob an ghunna. D'aithneofá ón
luisne dhíbheirge a bhí ina ghnúis agus ón bhféitheog
a bhí fáiscthe ar chuar a leicinn gurbh é sin an chéad
uair dó duine a mharú. Bhí siad go léir á mholadh.
'Bullaí fir!' 'Mo ghrá d'urchar, a bhuachaill!' 'Ó,
bhó, bhó, nárbh é a bhí tuillte go maith ag an sean-
leiciméir sin!' 'Nár laga Dia do lámh, a Mhistéalaigh!'
D'oibrigh sé an tslaitín dingthe go fíochmhar sa
bhairille, tháinig claochlú ar a shúile, bhí bior
gangaide iontu, d'ardaigh sé a smig chun tosaigh agus
thug sracfhéachaint thart go bhfeicfeadh sé cé eile
a n-imreodh sé cleas na cloiche tine air, ach ó tharla
nach raibh duine ar bith in áit na garaíochta d'ardaigh
sé an gunna leis de rúid reatha thar an gcuibhreann
anonn.

Bhí siúl mór sioscach fear tríd an eorna,—Seán Willí, an Foghlaeir, Taimí Mac Niallais, agus na scórtha den mhuintir nár aithin sé. Bhrúigh siad a mbealach trí na crainn troim ar imeall an chuibhrinn agus amach ar bhóithrín cúng. Bhí ardchlaí eile de na troim ar an taobh thall de ionas go raibh an bóithrín ina chlais dhorcha agus pluda dubh ag teacht go caola na gcos orthu. Siúd chucu Robert Craigie ag marcaíocht trí phluda an bhealaigh agus é ag glaoch orthu agus ag fógairt dóibh gan dul níos faide ach fanacht ansin i bhfoscadh na gcrann. Rinne, siad rud air, de dhéanta na fírinne ba bheag duine a raibh fonn air dul níos faide agus ba bhreá leo sos beag catha a ghlacadh faoi scáth na ,gcrann. Bhí Lúcás agus Gearaí Cóp ag gliúcaíocht amach tríd an duilliúr agus iad ag scaoileadh i ndiaidh cheithearnach an urphoist ghallda a bhí ag baint na sál dá chéile ar ais chun na bpríomhlínte cosanta ar an ardán in aice an bhaile.

Bhí stad curtha leis an ruathar ionsaithe. Bhí an bóithrín plódaithe le réabhlóidithe a d'éirigh amach ón eorna mar a raibh siad i bhfolach le linn stoirm an ordanáis. Ba gheal le Máirtín a chompánaigh a bheith ina thimpeall athuair. Chruinnigh scata acu le chéile ag comhrá agus ag gáirí, ach ní raibh sa chaint agus sa gháire go léir ach mar a bheadh osna faoisimh á ligean acu de bharr a dteacht go slán sábháilte chomh fada sin. B'fhearr leo dá nglacfadh Lúcás Mistéil a shuaimhneas mar dhuine agus gan a bheith ag leanúint go cíocrach den chath mar a bhí sé nuair a bhí Robert Craigie fiú amháin ag feitheamh go foighneach ar mhuin a láirín le pé ar bith eachtra a bhí á beartú ag na mór-uaisle sna cúrsaí seo. Dar leo go raibh an Mistéalach ina dhuine dígeanta gan aon agó, agus ba léir go raibh fuadar mór gunnaíochta faoi ó d'éirigh leis sean-Hankins a pholladh den chéad iarracht. Ní raibh fear ar bith nach raibh míobhán ina cheann aige ón bplancáil dhamanta a d'fhulaing siad ón ordanás tamall ó shin; músclaíodh gach glam dá gcuireadh muscaeid an Mhistéalaigh agus an fhíodóra astu pian ina gcloigne. Bhí cuid acu ag smaoineamh go raibh sé ag tarraingt ar am dinnéir acu sa bhaile. Rinne Máirtín meánfach mhór fhadálach.

'Tá Sonaí Bán Mac Reachtain tite,' d'inis Seán Willí de Brún dó.

Níor fhéad sé an drochscéala a mheas i gceart; níor samhlaíodh dó ach lá iománaíochta sa bhaile, clonscairt na gcamán, gártha an tslua, Sonaí Bán sa rás lúfar lánéasca chun báire a chur.

'Céard a bhain dó?'

'Piléar a bhuail trí úll na scornaí air—tachtadh ina cuid fola é.'

Ní raibh ach corrghunna mór ag cur as faoin am seo, ach tháinig na claíocha uilig ar shleasa an ardáin i mbláth faoi phuthanna deasa bána deataigh; d'éirigh scuaine piléar ag cleitireacht trí dhuilleoga na gcrann os a gcionn, scairdeadh taoscán brosna agus dosáin de chaora aibí na dtrom anuas orthu.

Bhris cabaireacht mhór scaoill agus éagaointe amach i measc scata de mhuintir Mhaigh Eo a bhí bailithe sa bhóithrín in aice leo.

'Ó a Thiarna na nGrást, tá sé pollta!'

'Cuirigí ina luí é!'

'Cé chaoi bhfuil tú, a Phiarais? Bhfuil sé go dona?'

'Marbhfháisc ar na bastaird dhearga!'

'Crois Chríost 'ár sábháil, tá sé ag cur de a bhfuil d'fhuil ina chuislí.'

'Ó a Mhuire Mháthair, céard a dhéanfas mé?'

'Baintear an bríste anuas de.'

'Ó a Mhuire Mháthair, céard a dhéanfas mé chor ar bith?'

Dúirt duine acu gur cheart dóibh an fear gonta a ardú agus é a thabhairt chomh fada leis an gCaptaen uasal sin ar an gcapall agus chuile sheans go dtabharfadh seisean comhairle a leasa dóibh.

Ní fhéadfadh Máirtín gan suntas a thabhairt don

fhear gonta; cé go raibh trua aige dó bhí an chuid ba leithlí dá intinn ag déanamh comhghairdis leis nárbh é a chás féin é. Rangartach scaoilte d'ógánach sléibhe a chonaic sé chuige á iompar acu, gan screatall éadaigh ar a uachtar ach léine bharraigh agus an bríste bainte leath bealaigh anuas dá íochtar nó go raibh na ceathrúna geala nochta do ghlas-solas an bhóithrín. Bhí créacht treafa trí bhoige cheathrún acu i ngiorracht don ghabhal, is cosúil go raibh artaire na leise gearrtha; cé go raibh greim báis a dhá dhorn ag an duine bocht ar an bhfeoil ghonta ní dheachaigh stad ar an bhfuil ach í ag brúchtadh trína mhéara amach agus ag sileadh i mbraonta a bhí chomh dearg le sceachóirí ar an bpluda dubh.

'Ó a Mhuire Mháthair, céard a dhéanfas mé chor ar bith?' chuir sé de arís is arís eile i monabhar critheaglach.

'Taispeáin dom an damáiste, a mhic,' arsa an Foghlaeir Flannagáin. Thit a dtost ar mhuintir Mhaigh Eo agus d'fhéach siad go himníoch ar aghaidh rocach fhear an eolais le linn dó an chréacht a ghrinniú. D'inis sé a thuairim: thuig sé ó ghile na fola nach ón gcroí a bhí sí ag teacht ach on mbolg, agus dá bhrí sin ní dhéanfadh an chréacht lá dochair dó; dúirt sé freisin nach raibh rud ar bith chomh siúráilte chun rith fola a chosc ná canach an fheochadáin. Tharla go raibh flúirse feochadán ag fás ina dtomóga borba ar imeall an bhóithrín agus iad faoi cheo geal canaigh; thug siad go faicheallach faoin gcanach a bhailiú, a gcinn cromtha acu ar eagla na bpiléar, agus ba ghearr go raibh moll mor de fáiscthe acu thar an gcréacht agus an smál dearg á leathadh aníos tríd an mbán. Mhionnaigh an Foghlaeir go mbeadh sé ina sheanléim arís i bhfad sula sínfí cois stompa mná i leaba a phósta é. Chan Peadar Siúrtáin ortha na fola dó. Bhain Máirtín a cheirtlín scornaí de agus cheangail ina fháisceán é thar an gceathrú ghonta nó gur tháinig laghdú éigin ar an doirteadh fola. Dúirt Seán Willí de

Brún gur thug an Saighdiúir Ó Ruairc le fios dó nach n-éireodh créacht ar bith nimhneach dá ndéanfadh gasúr óg steanc beag da fhual a scairdeadh uirthi. 'Bhail, mar a chíonn an tAthair sinn!' arsa Peadar Siúrtáin, 'agus a rá go dtugtar ceannaire deichniúir ar an ngaige beag srónach sin!' Ach labhair Seán Willí go dáigh á rá nach gceidfeadh duine ar bith in ortha na fola na laethanta seo ach seanchailleacha an bhaile, go raibh dearcadh nua-aimsireach sna cúrsaí seo, gur rug an Saighdiúir Ó Ruairc an t-eolas abhaile leis ó na buachaillí dubha i San Domingo sna hIndiacha Thiar.

Chuir muintir Mhaigh Eo a mbuíochas i gcéill go glanbhriathrach; bhí meas mór acu ar na Liatromaigh, chomh cairdiúil cabhrach is a bhí siad, chomh heolasach is a bhí siad faoi chúrsaí an tsaoil. Rinne siad dearmad go raibh cath in ainm a bheith ar siúl agus shín siad sa ghealchomhrá. Chuir Robert Craigie isteach ar an gcaibidil. D'fhiafraigh sé díobh cé bhí i gceannas orthu. D'fhreagair fear acu go raibh Séimí Taaffe ina chaptaen orthu ach nár leag siad súil air ó rug a chapall le báiní é le linn thoirneach na hoíche aréir. D'ordaigh sé dóibh scaradh amach, gan bheith bailithe ansin ina dtargaid ag na muscaedóirí ar shleasa an ardáin. D'fhiafraigh siad de céard a dhéanfaidís leis an bhfear gonta.

Baineadh stad de Robert Craigie. Bhí sé i bponc. D'fháisc sé barr a ordóige faoina fhiacail. Nár shaonta an mhaise dó a chuid fear a threorú isteach i gcraos catha gan a fháil amach roimh ré cén socrú a bhí déanta maidir le tarrtháil ar dhaoine gonta agus le cúrsaí leighis. Ach níor mhaith leis a dhíomá a chur in iúl dóibh. 'Ná bíodh imní oraibh,' ar seisean. 'Is cinnte go bhfuil máinleá agus dochtúirí leighis ag an gceanncheathrú. Tiocfaidh lucht na sínteán thart chun na fir ghonta a iompar ar ais go dtí an cúlláithreán,—tig libh an stócach sin a chur ina luí faoi scáth an chlaí, agus fágaigí deoch aige.'

Ach sin rud nach raibh ag aon duine ach ag an bhFoghlaeir Flannagáin amháin; bhí buidéal bainne ramhair i gceann de na pócaí fairsinge aige agus coirnín páipéir sáite mar chorc insan scrogall. Dhiúil an t-óganách siolpadh cíocrach as an mbuidéal. Bualadh isteach go tobann in aigne dóibh go léir go raibh tart an domhain orthu féin. Bhreathnaigh siad go hairceach ar an mbainne a bhí ag sileadh le bruasa an fhir ghonta, ach ní bhfuair siad iontu féin an buidéal a bhaint de, agus siúd leo ag lámhacán thall is abhus le fad an bhóithrín ag lorg loganna uisce agus ag breathnú sna díoga féachaint an mbeadh gliográn uisce i gceann ar bith acu. Bhí lochán faoina chiumhais loinnireach giolcaí i bhfogas céad slat dóibh, ach ní ligfeadh an eaglá do dhuine ar bith acu éirí ón bhfoscadh amach ar an mblár fairsing. D'ibh siad sú searbh as gasanna borba an fhéir a d'fhás ar ghruaibhín an bhealaigh nó go raibh an dath glas á mheascadh ar smál an allais trí ghuairí na smigeanna orthu.

'Chuirfeadh sé bliain ghorta i gcuimhne do dhuine,' arsa Peadar Siúrtáin. 'Go mba slán an tsamhail——ní fhaca sibhse a leithéid go fóill, a óganacha.'

Bhí Lúcás Mistéil ar a leathghlúin an t-am go léir, dreach danartha air, an bholgach dhubh ar a leiceann ó ghráinní an ghunnaphúdair, agus é ag lascadh na bpiléar uaidh i dtreo an ardáin a bhí plódaithe le reisimintí agus le díormaí an Airm Ríoga, a gcuid miotail ag glioscarnach, a gcuid meirgí ar luail go buacach. Bhí sé ar bís go leanfaí ar aghaidh leis an ionsaí, bhí an ghalántacht ghallda ag griogadh as mar a bheadh toradh súmhar ann agus é thar fhad a láimhe dó. 'In ainm Chroim,' ar seisean le Gearaí Cóp a bhí ag plancáil taobh leis, 'cén mhoill atá ar ghunnaíocht na bhFrancach? Nó an bhfuilimid chun an mhaidin go léir a chaitheamh ag pleidhcíocht thart sa chlais mhallaithe seo?'

'Ionsaí gan choinne ar Chaisleán an Bharraigh!' Bhrúigh an fíodóir a leiceann le stoc a mhuscaeid,

d'fhéach de leathshúil íorónta le fad an bhairille. 'Ná
bí ag ceapadh, a phobail dhil, go bhfuil na boic
dhearga ar an ardán údaí ag feitheamh linn.' D'aim-
sigh sé figiúr fíondaite de rinn an bhairille. 'Ní hea go
deimhin, níl fhios ag na créatúirí go bhfuil muidne ar
an saol. Is chun sméara dubha a phiocadh a ghabh
siad 'un 'chnoic amach an mhaidin bhreá seo, grásta
ó Dhia orthu!' Theann sé an truicear, sheol piléar eile
ar a bhealach. 'Aidh mon!'

## 2

> *'A bhuachaill an chúil dhualaigh,*
> *Cár chodail mé aréir?*
> *Ag colbha do leapa*
> *'S níor airigh tú mé.'*

'Mo chuach óg ansin thú, a Chóilín!

Scanraigh an mhuscaedóireacht bráithreachas na
míolta críona faoi choirt scaoilte an troim gur scinn
siad amach agus go ndeachaigh ag séirseáil de mhion-
chosa mire soir siar.

'In ainm Chroim, céard tá ag cur moill ar na
Francaigh?'

> *'Dá mbeadh fios mo cháis agat*
> *Ní chodlófá néal,*
> *'S gurbh é do chomhrá binn blasta*
> *D'fhág an osna seo i mo thaobh.'*

Thit feithid acu ar a droim fúithi agus a slisní
bídeacha cos á n-oibriú aici ar a croí díchill san aer.
Bhí sé ar tí í a bhrú faoi sháil a bhróige, ach staon sé,

seans gur mhilis leis an mhíoltóg a beo. Thiontaigh sé ar a cosa fúithi í agus siúd léi ag breith a preabadh beag beatha thar chnoic agus ghleannta an phluda ón bpaiste scáile go dtí an spléachadh solais mar a raibh an ghrian ag scríobh a dáin trí na duilleoga sa log beag foscaidh seo ar bhruach an chatha. D'éirigh a dhán féin i mbéal an fhir.

> 'A bhuachaill an chúil dhualaigh,
>     Nár fheice mé Dia
> Go bhfeicimse do scáile
>     Ag teacht idir mé 's an ghrian—'

'Togha fir, a Chóilín.'
'Mo ghrá do sciúch!'
D'imigh an chaint agus an tormán ina scruth plúchta thart faoina chluasa. Caora searbha na dtrom á meilt faoina fhiacla, é ar a ghogaide, a dhroim leagtha le bun an chlaí, aigne a chinn ag breathnú amach go deoranta ar thalamh iasachta, ar sholas aineoil. É ag stánadh ar smál scarlóideacha na fola á mheascadh sa phluda dubh faoi na spága nochta, nó gur tháinig an sram thar a shúile agus an mhian faoina chliabh, mian an chodlata, céile an bháis. Mhothaigh sé an tarraingt atá ag an mbás ar anam an duine nuair a ligtear srian leis an tsamhlaíocht. D'fhair sé an meascán beag d'fhuil agus de phuiteach an tsaoil, fuair sé léas beag tuisceana ar an tragóid trí mheán na súl.

> 'Ní thuigeann tú mo mhearadh,
>     'S ní airíonn tú mo phian,
> 'S mar bharr ar ghach ainnis
>     Is leat a chailleas mo chiall.'

Sníomhadh an t-amhrán ina shnáithín caol trína smaointe. Guth binn brónach mallbhriathrach Maigheoch á chanadh. Plimpeanna na muscaed á thionlacan.

*'A bhuachaill an chúil dhualaigh,*
*Cár chodail mé aréir?—'*

Guth garbh ag mionnú gurbh é a bhí go maith chuige. Guth eile á rá gur thug fear le fios dó go raibh an Tiarna Cornuallais ag Áth Luain ar an tSionainn agus an donas dubh den arm dearg faoina bhratach. Guth eile ag aithris gur chuala sé fear ag rá go raibh na *Frazer Fencibles* i gCaisleán an Bharraigh ón oíche aréir. Thug guth eile buille faoi thuairim go raibh suas le trí mhíle fear rompu amach ar an láthair sin. Bréagnaíodh é, guth Sheáin Willí á chur in iúl go raibh urra maith aige leis nach raibh ar a mhéad thar an dá mhíle ag an mBúistéir Lake os a gcomhair amach. Ó go deimhin bhí urra maith aige leis. Lean an guth sollúnta de bheith ag míniú fios fátha an scéil dóibh nó gur tanaíodh é ina ghliográn beag fuaime trína mhíogarnach.

*'A bhuachaill an chúil dhualaigh,*
*Cár chodail mé aréir?*
*Ar léinseach do leapa*
*'S níor aithin tú mé.*
*Ar mo chliabh a thug grá duit*
*Níor sheinn tú do mhéar,*
*'S faoi mo ghruaig a thug scáth dúinn*
*Níor bhlais tú milseacht mo bhéil.'*

'Ardaigh é, a bhuachaill!'
Guth smaointeach á rá go raibh an donas ar fad de bhantracht ag leanúint ar shála an airm ghallda. 'Dhera, a dhuine, ní fhaca tú a leithéidí de stompóga sláintiúla le do bheo.'
'An gcloiseann tú é sin, a Phiarais? T'anam a bhodaigh, ní bheidh cailliúint ar bith ort ach cor na gceithre chos á rince anocht agat i gCaisleán an Bharraigh istigh!'
Bhris an gáire scigiúil orthu.

'Trua, a Dhonnchadh, nár lig Neilí na bróga leat chun an chogaidh.'

'Is cosúil nár smaoin sí gur ar bhainis a bhí a thriall ag an seanbhligeard.'

'Sea mhaise, bainis Mhallaí a' Mháma an oíche a scar sí leis an sciorta!'

> *'A bhuachaill an chúil dhualaigh,*
> *Cár chodail mé aréir?—'*

'*Parlez-vous mamselle?*' arsa an Foghlaeir.

'Ó bhó, bhó, a Phiarais, an gcloiseann tú é sin?'

Níor chuala. Tite i laige a bhí an buachaill de dheascadh chailliúint na fola. D'fhair Máirtín bonn salach na coise nochta a bhí sínte uaidh thar an talamh. Bhíog cuimhne bheag ghlinn ar imeall a mheabhrach. Bhraith sé go raibh sé i bhfogas do chroí na ceiste.

> *'A bhuachaill an chúil dhualaigh,*
> *Cár chodail mé aréir?—'*

'Parlaí bhú maim seil?'

Labhair an síogaí ón anallód ina chuislí. Luigh sé faoi mheisce na cuimhne. Athraíodh an scáil ghlas agus brothall an bhóithrín ina saibhreas gruaige, bádh a chéadfaí faoi chumhracht an chailín. Bualadh dhá shiolla a hainm go binn ar thiompán a chluaise. D'fhéach sé i leataobh. Chonaic sé Peadar´ Siúrtáin, a cheann cromtha chun tosaigh, sciotha ar a leath deiridh, a lámha fáiscthe ina chéile siar ar chaol a dhroma, agus é ag grinndearcadh amach trí na duilleoga. Bhí lorg na mblianta ar log a leicinn, bhí imlíne an duilliúir clóbhuailte ag an ngrian ar a bhall blagadach.

'Éire mhór agus a mac!' á scaoileadh ina mhonabhar iontais uaidh. 'A bhuí le Dia, ach tá Éire mhór agus a mac bailithe ar an gcnoc sin thall!'

Tost tobann ag titim ar chách. B'fhacthas dó go raibh an Ginearál de Bláca ag labhairt le Robert Craigie. Na guailleáin go taibhseach airgeata air, an smig chomh glanbhearrtha gorm le hubh lachan, cliobóg rua seilge faoi agus a crúba snasta ag corraí go heiteallach le míshuaimhneas. Glór séimh gonta á rá go raibh sé mhíle fear rompu amach ag Lake agus Hutchinson. Go mbeadh sé mar chéad chúram orthu an buille scoir a thabhairt don ordanás, na gunnaí móra a ghabháil. Chuaigh crith beag thar a chraiceann, chosc sé cuimhne na toirní a thosaigh ag búireach ina mheabhair. Go raibh na Francaigh ag dul thart ar chlé go ndéanfaidís croschith a scaoileadh faoin gcnoc, go leanfadh na hÉireannaigh ar aghaidh leis an ionsaí nuair a chloisfidís an lámhach sin.

'Lámhach dídine a thugaimid air.'

Sciota eireabaill a raibh nasc nósmhar fite ina bharr á ardú, cac capaill ag titim de phlab, boladh méith na stáblaí ag líonadh an aeir. 'Agus fágaim faoi gheasa thú, a Chaptaein, gan ligean do do chuid fear na príosúnaigh a mharú.'

Bhog sé an srian, bhain an chliobóg searradh as a moing, d'imigh sí de ghearrchoisíocht ghalánta tríd an bpluda, tríd an bhfuil. Níor fhan focal ag éinne acu go ceann scaithimh. Thóg Taimí Mac Niallais an fhideog amach as eireaball a chasóige, ghabh de bhogshéideadh uirthi ag féachaint leis an bhfonn nua a sheinm. Ardaíodh guth Mhaigh Eo arís, á thionlacan.

*'A bhuachaill an chúil dhualaigh,*
*Cár chodail mé aréir?*
*Faoi chumhdach do chóta*
*'S níor aithin tú mé.'*

'Príosúnaigh, adeir sé!' arsa Gearaí Cóp. 'Ná maraigí na príosúnaigh!'

'Aidh mon,' arsa an Foghlaeir.

Réab clagarnach nua isteach ar an tormán, comh-
lámhach rialta ar chlé uathu ag raideadh na roiseanna
piléar go paiteanta chuig an ardán anonn.

'Na Francaigh!' arsa Máirtín.

'Lámhach dídine dúinn,' arsa Seán Willí go
heolasach.

'An comhartha!' arsa Lúcás agus chuaigh sé de
shonc gualainne trí sciathbhrat na gcraobhacha.
D'éirigh siad go léir ina seasamh, ghlac a gcuid pící
agus uirlisí troda chucu, chruinnigh siad isteach
gualainn ar ghualainn ag tabhairt uchtaí dá chéile.
Chonaic siad tromlach an airm ag éirí amach as a
gcróite folaigh thall is abhus. Shéid duine éigin dreas
géimní ar thrumpa d'adharc bó. B'fhéidir gurbh í
glaise na nduilleog ba chúis leis ach is cinnte nárbh
é snó na sláinte a bhí ar dhreach duine ar bith acu.

Scairt Robert Craigie orthu, phrioc sé an stompa
láirín de léim ainniúil amscaí thar an gclaí, chuaigh an
drong go léir d'aon bhonnóg amháin ar greadadh
mire ina dhiaidh. Bhí Máirtín sa ruathar leo, é ar a
sheanrith thar réimse bogaigh gan foscadh ar bith;
b'fhacthas dó nach mór a thógfadh sé air a phíce a
theilgean glan díreach isteach i gceartlár an daolbhrait
deataigh a d'fholaigh an namhaid ó radharc na súl air.
B'ait an solas a lonraigh ina thimpeall, solas sceirdiúil
a léirigh idir thírdhreach agus fhigiuirí faoi ghléineacht
neamhshaolta,—na broibh liathghlasa luachra ar an
mbogach, an t-aoldath ag sileadh ina scamhach de
bhallaí bothóige, giall Thaimí Mhic Niallais sáite
amach agus gach guaire rua ina colgsheasamh,
buataisí buí an Fhoghlaera ar spadchoisíocht reatha.
Ciúnas uafar ón ardán. Saothar anála, snaganna
casachtaí ag capaill, cosa nochta, bróga agus crúba
ag cnáfairt thar an riasc.

Leath bealaigh go bun an ardáin a bhí sé nuair a cuireadh tús le tuargaint an ordanáis. Suas le fiche ceann de ghunnaí móra ag glamairt as béal a chéile. Léasacha flannbhuí solais tríd an smúit roimhe, siabhraí aisteacha urchair ar giúnaíl chaointe tríd an aer, tuirlingt iarainn ar thalamh agus pluda in airde, turnamh urchair le cnámh, cnead gonta an duine agus scread seitrí an ainmhí.

Is den tochmharc miotalach sin a ghintear an domhan agus smior intinne an duine.

Bhrúigh an fear a leiceann faoi ar an gcíb fhliuch. Ní raibh blúire fothana dá shuaraí idir é agus fíoch anfa an ordanáis. A Thiarna Chríost, chuir sé de shéideadh paidre as. Leathnaigh an smál crónbhuí thar an riasc nó go raibh an lá ina chlapsholas ina thimpeall agus é faoi lasc ag fuipeanna de shreang mhiotail. Féachaint dar thug sé as eireaball a shúl gheit an croí air. Bhí corpáin sínte ina sraitheanna. A Thiarna Chríost, ar seisean. Chonaic sé mása nochta, an t-éadach siabtha díobh; chonaic sé ceann breac-liath réabhlóidí gan ainm agus aghaidh fidil de láib dhubh na hÉireann ag folú a chuntanóis roimh lobhadh dó i gcré ar ais; chonaic sé ionathar lárach ar sileadh trína pit amach; ní raibh focal ar bith aige don rud a chonaic sé ach,—éirí amach. Éirí fuilteach amach.

Rang dochloíte fear faoi éidí gorma á thaibhsiú as an mbréansmúit. Na Fíodóirí. Iad ag greadadh go dúr chun tosaigh, faicín de bhratach á iompar rompu. Céim ar chéim ar aghaidh gan staonadh roimh na roiseanna piléar. Scaoileadh lastas marfach gunna mhóir de phlanc san éadan orthu. Fuílleach scáinte an ranga mar a bheadh duilleoga an fhómhair á rúscadh thar an riasc anall.

Bhí sé ag dul i dtaithí ar an uafás, é staidéartha, cruinndearcach. Thosaigh air ag lúbarnaíl ar a bholg faoi thar chíb an réisc nó gur chúb sé a chorp de rolladh isteach i gclais éadomhain, dhúblaigh a cholainn agus lean air ag lapaireacht trí uisce agus trí bhiolar na claise gur tháinig i ngar do bhalla beag aolchloiche, d'éirigh go faichilleach as an gclais agus chuaigh ag snámhaíl trí dhosanna raithní i dtreo an bhalla. Bhí Seán Willí de Brún ina luí sa raithneach. Bhí an fheoil uilig feannta dá aghaidh agus an chnámh fhuilteach ris. Bhí an ceart aige maidir leis an gceaineastar.

Dar leis go raibh gach gunna de chuid na Breataine dírithe ar a dhroim agus é ag crúbadach thar chlocha scaoilte an bhalla. Tharla dó i gclós beag. Duine éigin ag scairteadh air. 'Luigh síos, a smíste amadáin, nó beidh siad ag scaoileadh faoin teach!' Bothán maolbheannach dóibe a bhí roimhe. Sciuird sé an doras isteach. Chuaigh claochlú i dtobainne ar an gclaischeadal miotalach nó go raibh sé ina thoirneach bhodhar faoi dhorchacht an tí. Cró beag cónaithe éigin, cuma an bhochtanais ar phraiseach an urláir, bualtrach ainmhí, tine smolchaite ag cnádadh léi agus scilléid de phrátaí brúite a bhfuaradh ar leac thréigthe an teallaigh.

De réir a chéile d'éirigh an seisear fear a bhí istigh roimhe chun soiléire dó. Beirt ainniseoir de réabh-lóidithe Mhaigh Eo nár aithin sé, cosa nochta fuil-teacha fúthu agus iad ag déanamh uainíochta ar a chéile ag caitheamh toite as gearrphíopa tobac. Lúcás Mistéil ag gliúcaíocht amach trí scoiltín fuinneoige i gcúlbhalla an tí. An Foghlaeir Flannagáin suite san luaithreach, a chaipín d'fhionnadh an ghiorria buailte anuas thar a chluasa ag folú bhúireach an ordanáis air. An t-óganach, Antoine Mac Reachtain, ar snagaíl ghoil sa chúinne agus Peadar Siúrtáin le deilín diaganta ag tabhairt uchtaí dó.

'Ní déarfainn ná go bhfuil sé in am againn blúire teallacháin a chaitheamh,' arsa an Foghlaeir go magúil, agus rug sé daba de na prátaí brúite lena mhéara as an scilléad aníos. Bhuail bál iarainn binn an tí ar a chúl, bhain smeach macallach as an seanbhalla, chuir cith dóibe agus luaithrigh sa mhullach orthu. Nuair a shíothlaigh an dusta chonacthas go raibh an balla scoilte ar fiarsceabha, an teallach ina fhothrach, solas fuarfháistine an lae ligthe isteach chucu. Bhí barróg sceimhle beirthe ag an ógánach ar Pheadar Siúrtáin, d'fholaigh sé a shúile ar ghualainn an tseanóra. Chaith duine den bheirt Mhaigheoch pislín tobac d'urchar béil agus chuimil i bprácar an urláir faoi bhonn a spáige é. 'Mh'anam, a Thaidhg, ach go bhfuil sé ina lá garbh amuigh,' ar seisean.

'Chuile dhíomá ormsa ach go bhfuil sé ina dhroch-aimsir againn do shábháil an fhéir!' arsa an Foghlaeir.

Thiontaigh Lúcás go paiseanta ón bhfuinneog, chaith an muscaed uaidh le gearrfhocal gáirsiúil agus thóg píce Antoine Mhic Reachtain ina ghlaic. 'Sáfaidh mise soc i dtóin an diabhail gunna sin!' Thug sé amas i dtreo an dorais. Sheas Máirtín sa tslí ag féachaint le bac a chur air; bhronn Lúcás stráiméad dá bhois sa chliabh air a chuir siar as a bhealach é agus scinn sé an doras amach. Amach le Máirtín ar a shála. D'impigh sé agus d'athimpigh sé air gan bheith ina cheap amadáin. Bhí sos gunnaíochta ann agus an saol faoi shuaimhneas. Trasna an chlóis sa rás leo beirt. Léim Lúcás suas ar charn aoiligh agus chuaigh d'abhóg láréasca thar an mballa cloiche sa raithneach amach, gur éirigh ceo de chuileoga dúghorma go siansánach aníos ón bhfuílleach duine gan aghaidh a bhí sínte ansin. Stad Máirtín ag an mballa, ní ligfeadh an imeagla dá chosa dul thar an bhfothain; síos leis ar leathghlúin ag gliúcaíocht thar na clocha scaoilte, a theanga ag guí Dé i gan fhios dó féin, a aigne ghrinn, ghéarchlúiseach, mheata ag faire an imeachta.

Shín Lúcás leis ag tabhairt rúide thar an riasc go bun an ardáin anonn. Plimpeanna thall is abhus ó na muscaeid a bhí dírithe air, béimeanna a dhá bhróig ag baint gliogair as an mbogach, a uachtar as amharc ó am go ham ag na sraoillíní deataigh a bhí sínte go fannlag thar pháirc an áir. Bhí croí Mháirtín á chéasadh idir an dá chomhairle. 'Tabhair aire do Lúcás,' na focail deiridh a chan sí ina chluais. Ach cén chaoi a bhféadfadh duine bheith san aireachas ar ghealtán laoich? Tháinig an Foghlaeir agus an bheirt Mhaigheoch go tóinleisciúil amach as an mbothóg agus d'fhan ag stánadh go fáilí thar bhinn an tí, duine acu ag meas go mb'fhéidir, a Thaidhg, gur cheart dóibh an fear fiúntach sin a leanúint. Cuma ghruama go leor a bhí ar ghnúis ghuaireach an Fhoghlaera. Dá bhfaigheadh sé neamh air, ní raibh aon dul ag Máirtín ar a chosa stalctha a bhogadh chun dul sa tóir ar a dheartháir céile.

Is de míorúilt a mhair Lúcás tríd an gcroschith piléar. Siúd leis ag dreapadh go cíocrach in éadan an chnoic ghlais mar a raibh béal an ghunna mhóir ar fhis idir na sceacha. Thit a dtost ar na muscaeid, séideadh sánas leath-nóiméid ar chompal glasuaine na gcnoc amhail is dá mbeadh an dá shlua ag faire an éachta. Ní raibh thar cheithre shlat idir an ógánach agus uchtbharr an chlaí mar a raibh gob an ghunna go bómánta roimhe. D'ardaigh sé an píce siar thar a ghualainn, chruinnigh iomlán a chuid foirtile don bhuille. Chuala siad a liú dífeirge ina chaolsiolla cruinn chucu anall bomaite sular labhair an gunna. An t-urchair slabhra. Macalla glingeála uaidh. Chonaic siad a chorp á shíobadh ar gcúl fad cúig shlat tríd an aer agus é gearrtha go comair néata ina dhá leath.

Bhí na deora ag gearradh raonta geala ar aghaidh bhrocach an Fhoghlaera. Ní raibh dríodar mothúcháin dá laghad fágtha i gcroí Mháirtín. D'éirigh sé ó fhothain an bhalla amach agus shiúil go hatuirseach i gcuideachta na coda eile go dtí an bóithrín idir na tomanna troim ar ais.

## 4

Géimneach léanmhar na mbeithíoch ina chluasa anois mar a bheadh anam aonsiollach an ainmhí ag éamh os ard faoi leatrom an duine. 'Habha-abha-abhagheop!' chan Taimí Mac Niallais taobh leis. 'Ní thaitníonn an tasc seo liom, a Mháirtín, ní thaitníonn sin.'

Ghluais an t-olltréad ina thuile rompu, na dromanna ar tonnluascadh, na hadharca den seandéanamh áiféiseach á n-ardú, na crúba scoilte neamhurchóideacha ar patsodar, an bullán dubh, bearach na súl bog, an cholpach fhionnbheannach, an bhó mhaol, an damh docht, an donn, an deirgín, an riabhachín; tréad iliomadúil d'ainmhithe fadfhulangacha an domhain ag olagón go ceolmhar ina gcanúint shinseartha féin faoin láimh láidir, lámha deasa ceannsaithe na hÁdhamhchlainne. Cuireadh dlíthe péiniúla an bhata i bhfeidhm. Bhuail siad liúdair de mhaidí ar na sliasta orthu, bhain siad planc dá gcromáin le bosanna na bpící troda, phrioc siad sa leath deiridh iad le goba géara na lann. 'Habha-abha-gheop! a bhodacha!' arsa Taimí. 'Mh'anam a Mháirtín, ach gur mí-Chríostúil an mhaise dúinn é.'

Ina ngiollaí tiomána a bhí siad. Na sárfhir. Leoin lánéachtacha na filíochta. Na réabhlóidithe in arm agus in éide ar son an *Liberté,* ar son an *Égalité,* na laochra de phríomhshliocht Gael a bhí dílis do Róisín Dubh agus do Shíoda na mBó, gan iontu i ndeireadh na dála ach giollaí tiomána agus mairteoil Mhaigh Eo á slad rompu mar sciath chosanta idir iad agus miotal na Breataine.

Ba dhéistin anama do Mháirtín Dubh Caomhánach an tuataíl sin. 'Habha-gheop!' chan sé.

Ina rabharta doicheallach d'fheoil agus de chnámha, de shúile boga scaollmhara, d'eireabaill sínte go righin idir na gabhail, ghluais an t-olltréad le fána sa ghleanntán síos. Ní raibh gíog as sraitheanna ildaite an namhad ar an ardán thall, ní raibh le cloisteáil ach olagón an eallaigh, glórtha na bhfear á mbascadh rompu, plancanna míthrócaireacha na gcleith ailpín. Chuaigh na créatúir ag smúracht rompu amach ar an riasc, na sróna pislíneacha sínte go talamh ag bolathú bhréantas an ghunnaphúdair. Phléasc an t-ardán ina bheatha agus lascadh ocht gcinn déag d'urchair ordanáis idir na hadharca orthu. Is ann a bhí an chaismirt chríochnaithe. D'imigh an tréad chun scaoill ar fad, na heireaball ina gcolgsheasamh, clagarnach na gcrúb ag dreapadh le báiní ar chromáin a chéile, tuargaint na n-adharc i ngleic chuthaigh coimhlinte, an slabhra séidte á ndícheannadh agus an ceaineastar pléasctha ag scardadh braonacha fola agus stiallacha feola sna súile acu. Chas an meall dlúite mairteola ar chrúba sceimhle, thug fogha adharc-íslithe ar son an *Liberté* trí ranganna na réabhlóidithe ar ais nó go ndeachaigh idir phíceadóirí agus bheithígh ina dTáin Bó Cuailgne ar sraoille reatha soir siar roimh réadachas neamheipiciúil ordanás an Rí Seoirse.

## 5

Clog an bhaile i gCaisleán an Bharraigh ag fógairt uair an mheán lae. Ina gceann is ina gceann seoladh buillí glinne práis an chloig chucu thar mhórchiúnas pháirc an chatha, á chur i gcéill dóibh go raibh Caisleán an Bharraigh ina sheasamh go daingean dochloíte fós faoi chumhdach ag reisimintí an Rí, ag batairí éifeachtúla na Breataine. Tugadh le fios dóibh nach raibh iontu féin ach cábóga tuaithe gan saineolas acu

ar na cúrsaí seo ach iad chomh héidreorach le tréad
bullán roimh ghunnaíocht Ghall, gan d'fheidhm iontu
ach bás a fháil trí laochas fianaíochta, seanaimseartha,
éigiallda.

Bhí Máirtín ina shleasluí faoi thom aitinn ag
feitheamh le hionsaí na nGall. Bhí bás Lúcáis go beo
ina chuimhne, ag cur ina luí air go raibh lá an laochais
phearsanta chomhair a bheith caite, go raibh lá nua
miotal-ghinte ar an saol, go raibh an Táin déanta.
Taibhsíodh aislingí áibhéileacha díoltais ar scannán
fileata a intinne dó,—arm gairmiúil ag Gaeil, gliocas
gunnaíochta acu agus fuaimint ordanáis, na Gaill sa
rith uamhain ag cúlú rompu . . .

'Ní mé,' ar seisean os ard, 'cá bhfuil Humbert i rith
an achair seo?'

'B'fhéidir go bhfuil cleas nua á bheartú aige,' arsa
Peadar Siúrtáin.

'An geocach!' arsa an Foghlaeir. 'Seans go bhfuil
sé leath bealaigh sa rith go Cill Ala ar ais um an
dtaca seo, agus sinne a fhágáil inár gceap magaidh
anseo mar sciath chosanta dá bhundún!'

'Tá ainm na ginearálachta amuigh air,' arsa Peadar
Siúrtáin. 'Deirtear gur fhoghlaim sé a cheird faoi
Bhonaparte féin san Iodáil.'

'Chuala mé Gearaí Cóp á rá gur chuir an Humbert
seo troid ar an bPápa.'

'In ainm Dé bíodh splincín céille agat, a Thaimí.
Dá mbeadh sé i gcoinne an Phápa an dóigh leat go
dtiocfadh sé go hÉirinn de chabhair ar na Caitlicigh?
Nach bhfuil aon tuiscint agat don pholaitíocht
idirnáisiúnta?'

'An té a cheap cleas tuatach sin na mbullán níl aon
tuiscint aige do bheithígh,' arsa Taimí go grod.

'Pé scéal é,' arsa an Foghlaeir, 'beidh a dhóthain
mairteola dá shuipéar ag an mBúistéir Lake anocht.'

'Ach an dtuigeann sibh, tá Caitlicigh na Fraince ag
dul i gcomhair le Caitlicigh na hÉireann chun
deamocrasaí ceart a bhunú agus an Ceannas Protas-

túnach a chur faoi chois. Séard is ciall leis an deamocrasaí Caitliceach ná—'

'Bhfuil briosca ar bith fágtha agat, a Fhoghlaeir?'

Bhí fonn míogarnaí ar Mháirtín faoi bhrothall an mheán lae; rinne sé meánfach fhadálach, é ag stánadh idir caipíní leathdhruidte a shúl ar bheanna gobghorma na gcnoc uaidh siar,—bhí gleanntáin fholaithe i measc na gcnoc sin, áiteanna sceirdiúla do-aimsithe: mhairfeadh duine slán sábháilte i lúb gleanntáin acu siúd.

'In ainm Chroim, céard tá ár gcoinneáil mar a bheadh scata caorach i gcró anseo?'

'Humbert.'

'Marfáisc air!'

'Ní mé cén fáth a bhfuil na trumpaí á séideadh thall ansiúd?'

'Na diabhail dhearga is dócha. Fonn orthu bogadh amach chugainn.'

'Meas sibh, an iad na Yeos nó an Milíste a scaoilfidh siad chugainn?'

'Dar a bhfuil ag an bPápa beidh spraoi againn leo má thagann.'

'Scoiltfear cloigeann nó dhó, tá mé ag ceapadh.'

'Níor chuir rud ar bith déistin ormsa ar maidin ach na cuileoga. Ní raibh mé ag súil leis an cuileoga.'

'Níl fhios agam cén fuadar atá faoi na trumpaí?'

'Ag cleachtadh do choirm cheoil atá siad!'

'Caithfidh go bhfuil cleas éigin á sheiftiú ag Humbert.'

'Tá. Caoirigh a chuirfidh sé romhainn amach sa chéad ionsaí eile!'

'An dóigh leat go n-iarrfar orainn ionsaí eile a thabhairt?'

'Heit, a dhuine, tá deireadh leis an rómánsaíocht sin!'

'Tá díol míosa de bhia ag cuileoga an aeir.'

'Tá.'

'Tá an Táin déanta.'

## 6

'Scaraigí amach ar chlé!'

D'éirigh siad aniar as an aiteann, rug greim ar na pící, d'amharc faoi mhalaí an amhrais ar Robert Craigie a bhí chucu agus an mana míleata sin ina bhéal. 'A chomplacht, ar chlé, scaraigí amach!' Bhog siad cúpla coiscéim go doicheallach ina threo, guaiseacht stalctha ceannairce fúthu.

'Brostaígí, a fheara. Táimid chun dul i gcomhar leis na Francaigh sa chéad ionsaí eile.'

Ionsaí eile. Ní hea, a chailleach, ach eirleach eile. Iarracht eile ar fhéinídiú. Chuile dhíomá orthu ach go raibh siad bréan díobh mar ionsaithe. A mairg nár fhan sa bhaile chun dul i mbun oibre an mhaidin bhreá Luain seo agus gan dul ar thóraíocht an ghadhair gan fios a dhatha, gan dul chun pléiseam a dhéanamh do ghunnadóirí na Breataine, gan éirí amach chun leasú talaimh a fhágáil ar phlántaí Mhaigh Eo. Agus an Protastúnach mioscaise mearaí sin Craigie á ngríosú chun a n-aimhleasa. 'Brostaígí, a fheara! Ionsaí eile!' Lear intinne eile! An Gealtán Craigie ab ainm don seanbhuachaill agus ba dhual athar don mhac é. As a chéill a bhí sé, glan bán oscartha amach as a chéill. A chapall féin caillte de mhatalang ar an sliabh, láirín dearg an tsagairt ina phleist ag beathú na gcuileog áit éigin amuigh ar an riasc, a hata ar iarraidh, liúr dúghorm ar a uisinn, an t-allas ina phéarlaí ar na malaí mothallacha chuige, camchlaíomh seanaimseartha an robálaí farraige ina dhóid. An fastaímeach. Wolfe Tone beag ina intinn féin. Ag cosaráil thart, ag seiftiú agus ag síorsheiftiú, ag giobadh as na daoine, á dtiomáint ina dtáinte dearóile isteach i gcraos na gunnaíochta. 'Brostaígí! Éirígí suas! Ionsaí eile'' Níor thuig an sórt sin an deamocrasaí Caitliceach. An fhadfhulangacht. An

béal bocht agus an dá thaobh. Go mbeannaí Dia duit,
a dhuine uasail. Beidh lá eile ag an bPaorach. Toil
Dé go ndéantar. Níor dhún Sé bearna riamh nár oscail
Sé bearna eile. Tá leasú ag Ó Ceallaigh. Och Ochón.
'Brostaígí.' Tóg bog é. Ó leaba go gort, ó ghort go
leaba tuí, ag soláthar a chíosa don tiarna. Och Ochón.
'Brostaígí.' Meilid muilte Dé go mall. Beidh na
Francaigh ag teacht thar sáile. Lá éigin. Tabharfaimid
féin an samhradh linn. Amach anseo. Tóg bog é. Ní
hé lá na gaoithe lá na scolb. Beidh lá eile againn.
Teacht an earraigh beidh an lá 'dul chun síneadh.
Maidin éigin tar éis na Féil' Bríde. Tá Dia maith agus
Máthair mhaith Aige. Tiocfaidh an lá b'fhéidir. Luan
eile don éirí amach.

'Ar son Dé, a fheara, cuirigí cor níos gasta díbh.
Cá bhfuil an Sáirsint Mistéil?'

'Ar neamh,' arsa Máirtín trína fhiacla.

'Tusa, a Chaomhánaigh, bailigh na fir go léir atá
ar an láthair seo agus cuir orthu scaradh amach i
gcaol-líne ionsaithe ar chlé.' Níor fhan sé le freagra
ar bith ach siúd ar aghaidh leis ag ruaigeadh na bhfear
ó fhoscadh an aitinn amach agus faghairt ina ghlór.

'Scaraigí amach ar chlé!' chuir Máirtín uaidh de
shearbhas croí agus gutha. An chéad ordú béil dár
thug sé do dhuine ar bith lena bheo. D'fhéach siad go
hamhrasach air. Chas Peadar Siúrtáin ar a sháil gan
focal a rá agus chrom air ag crágáil leis go docht ar
chlé, lean an Foghlaeir é agus griog faoina gheanc
sróine, lig Taimí Mac Niallais don Fhoghlaeir an fhad
rialta a shiúl sular chrom sé ar é a leanúint, tháinig
Antoine Mac Reachtain mar a bheadh sé ar suansiúl
ina dhiaidh, lean na Liatromaigh isteach ar an líne,
an fuílleach a bhí fágtha díobh tar éis ár na maidine.
Bhí seantaithí acu ar an inlíocht shaighdiúrtha sin; 
is iomaí sin 'scaradh amach ar chlé' a bhí déanta acu
agus iad ag druileáil faoi threoir Robert Craigie agus
Mr Ormsby ar an Sliabh i ndiaidh obair an lae.

'Déanaigí mar an gcéanna leo,' arsa Máirtín leis na

strainséirí. Duine ar dhuine, ghabh bodaigh na gcótaí lachtna a n-ionaid sa líne, iad ag freagairt go múinte dá bhéic ordaithe, scata de sheanfhundúirí an Chontae, an Búrcach agus an Bairéadach, Ó Conchubhair, Ó Máille, de Priondargás, rangartach gormshúileach an mhacaire, mothallóg an tsléibhe, an slataire seang smigfhiosrach nár bhog cos riamh roimhe sin thar fhearsaid an pharóiste, duine ar dhuine ghabh siad a n-ionaid sa chaol-líne ionsaithe ar dteacht dóibh ó sclábhaíocht an ghoirt agus an gharraí, ó stáblaí na maithe agus na móruaisle, ó bhréantas bothóige agus ón leaba tuí, ó dhámhscoileanna an óil agus na filíochta, an titim shinseartha sa chanúint acu agus iad ag freagairt don riachtanas is rúnda do-thuigthe in anam an duine. An t-éirí amach.

'Scaraigí amach ar chlé!' scairt Máirtín Dubh Caomhánach orthu, gomh ina ghlór, an hata béabhair dingthe ar fiar ar a cheann.

'Tá go breá, a Sháirsint.'

Rinne siad rud air. Bhí siad cleachta go maith ar ghuth údarásach a bheith ag scairteadh orthu. Cuid acu a chuir méar lena nglibín gruaige ag beannú dó. Mhothaigh sé an t-údarás ag borradh ina chuisle, á ghéaradh ina ghuth. 'Bacach ar chapall,' d'inis an chuid ba sheanbhlasta dá aigne dó.

'Ar chlé, a bhodacha! Scaraigí amach!'


7


'Allons, enfants de la patrie,
Le jour de gloire est arrivé—'

Baineadh blosc toll as tiompáin na gciotaldrumaí.

Nochtadh na Francaigh chucu. Treas singil díobh,
scafairí aclaí réchúiseacha, a phaca ar mhuin gach
duine acu agus a bheaignit ghearr i bhfearas ar ghob
a mhuscaeid. Aníos le treas agus le treas eile fós as an
mothar de chrainn choill ar chlé, na drumaí á dtion-
lacan, na fo-oifigí ag comhaireamh na gcéim—clé,
deas, clé, deas, clé—chomh briosc righin is dá mba
ar pharáid a bheidís. Cuma orthu gur ina gcuid éadaí
a chodail siad le mí anuas, agus amhrán na bhfiann
Francach ina. shéischeadal bog i mbéal a ngoib.
*'Marchons, marchons.'* Ar nós cuma-liom. *'Vaincre ou
mourir.'* Dreas cliste feadaíola ag dúnadh na habairte.
*'Vaincre ou mourir!'* Rábaire slinneánach ón Réin ag
cogaint ar phlog tobac; d'aimsigh sé nóinín Gaelach
go cruinn lena urchar seile.
    *'Halte!'* Stad díorma acu mar a bheadh duine
amháin ann faoi stiúr ag an nguth gonta. *'A gauche,
tournez!'* Chas siad go hinnealta. Thall is abhus le fad
na líne chualathas an gearrfhocal ordaithe. *Halte!*
Stad gach díorma faoi seach ina ionad, chas ar an
tsáil chéanna, sheas ag tabhairt aghaidhe chun an
namhad, gan bun muscaeid amach ná barr beaignite
isteach.
    *'Préparez vous à faire l'attaque!'*
    'Céard deir sé, a Fhoghlaeir?'
    *'Attaque,* a chailleach. Fogha, amas, míle murdal,
*vive la diabhal Révolution* agus paltóg sa phus don
mhac dearg sin thall. Aidh mon!'
    Bhí inlíocht na réabhlóidithe chomhair a bheith
críochnaithe um an dtaca seo, iad fite ina líne scáinte
isteach is amach trí dhíormaí na bhFrancach nó gur
leathnaigh an mhórlíne ionsaithe thar claí agus thar
fál, trí pháirc, trí ghort agus trí choillteán fad míle go
leith ó thaobh taobh. Tocht tosta ar chách, ach go
sleamhnaíodh gearrfhocal sceitmhagaidh ó phleidhce
éigin a phriocadh a chompánaigh cun scige bhig
patgháire; Ba ghrá Dé do Mháirtín é nuair a chonaic
**sé** Robert Craigie ag filleadh orthu; faoiseamh aigne

dó ab ea é nach mbeadh sé de dhualgas air féin na fir a bhí thart air a threorú isteach san *attaque*.

Labhair sé cúpla focal go bacach leo. É ar bís. Na fiacla ag teacht trasna air. Bhí tuiscint nua ag Máirtín don Chaptaen: siúd is go raibh cur amach ar an bpolaitíocht aige agus a sciar féin de spleodar buí an tsaoil, siúd is gur bhain sé le hEaglais an dreama a bhí thuas agus gur chleacht sé friotal an Tí Mhóir, siúd is nach raibh an bhean sí i dtaithí ar a mhuintir a chaoineadh agus gan thar chéad go leith blian caite acu i mBéal Átha Ghil, ina dhiaidh sin agus uile ní raibh ann acht amaitéir tuata sna cúrsaí troda seo, duine díobh féin, aghaidh thíriúil faoi allas agus faoi shalachar an lae, réabhlóidí, Éireannach ag freagairt do gheasa nár thuig sé ar an bhféar glas lámh le Caisleán an Bharraigh.

Ceist ag an bhFoghlaeir air. 'A Chaptaein, a théagair, cathain a scaoilfear an diabhal *attaque*?'

Tuairt gunna mhóir de chuid na bhFrancach ag baint macalla miotalach as na cnoic mar fhreagra air. D'éirigh eiteallach preachán ag grágaíl ó bharr na gcrann leamháin a bhí thart ar Theach Mór ar bhruach an bhaile. Mhúscail na batairí Gallda as a suan iarnóna, agus lean an dá dhream de bheith ag plancadh na n-urchar i dtreo a chéile. Tar éis dóibh an dúshlán beag prolóige sin a sheinm, thit a dtost ar na trí ghunna Fhrancacha. Chualathas glamairt an trumpa práis. Daoine ag fuascailt na mbónaí ar a muiníl. Thug an fo-oifigeach Francach ba neasa do na Liatromaigh an comhartha dóibh de gheit ghonta ordóige.

'*En avant, mes enfants!*' ar seisean.

Lansaigh an líne go léir chun tosaigh.

Chuaigh Máirtín ina lánrith trí gharraí prátaí, é ar pocléimneach ó iomaire go hiomaire agus spleodar breá imeachta faoi. Bá mhór an t-uchtach dó muintir na mbeaignití gearra a bheith á thionlacan. Nuair a shroich sé an claí fuinseoige ag bun an gharraí

scairteadh de ghlór coimhthíoch air. Chonaic sé go
raibh na Francaigh á gcaitheamh ar a mbéil fúthu ag
bun an chlaí. Tháinig urchar ag siosarnach trí na
fuinseoga os a chionn, na craobhacha á slisniú
roimhe amhail is dá rachadh seamsán speile tríothu.
Luigh sé síos. D'éirigh na Francaigh agus rop siad
tríd an gclaí amach. D'éirigh sé féin, réab a bhealach
roimhe trí na fuinseoga agus shín sa tóir orthu.
Garraí coirce le fána. Fál cloiche ag a bhun. Radharc
breá aige ar dhíonta slinne an bhaile ag gobadh
suas as triopaill uaine an duilliúir, agus ar chaoin-
sleasa an chnoic a bhí chomh plódaithe, corraithe,
driopásach le nead seangán. Lean sé den raon a
bhí gearrtha ag diúlach spadchosach Francach
tríd an gcoirce roimhe. Ba leasc leis maighdeanas an
arbhair a shárú faoina bhróga troma. Gunna i ndiaidh
gunna bhí na Gaill ag plabadh na n-urchar ordanáis
amach, ach ní raibh aird ag an díorma Francach a
bhí ina fhochair ach ar an ngunna mór a bhí dírithe
orthu féin. Ag breithniú a urchair. Bhí Máirtín caite
go talamh ar chúl an fháil cloiche nuair a tháinig sé.
Scinn sé ina shí gaoithe de dhá orlach thar bharr an
fháil agus thuirling ina ghlingeáil iarainn ar an
iomaire cinn i ngiorracht deich dtroigh dó. Slámán
toite ag éirí on gcoirce loiscthe mar ar shíothlaigh sé.
Dhá bhál iarainn agus giota slabhra ina chuingir
eatarthu. Chonaic an Francach ba neasa dó gur chuir
sé suim sa ghiúirléid. Sreangaire gasúir a bhí ann gan
pioc feola air, a aghaidh ar ghlaise na holóige faoi
chiarscáil an mheán lae. Sheol sé draothadh déad-
gheal i modh comrádaíochta i leith Mháirtín.
  '*Ah, la guerre,*' ar seisean, '*c'est une affaire très
interessante n'est-ce pas?*'
  'Dia is Muire duit,' arsa Máirtín.
  *En avant.* Thar an bhfál, thar choimín innilte, trí
loganna uisce ar urlár an ghleanntáin, isteach de rúid
chromreatha i mothar de thomanna airne ag bun an
ardáin. Plimpeanna na muscaed mar dhrumaíocht

scaoilte, an t-aer faoi cheangal éille ag cros-scaoileadh na bpiléar. Ach bhí sé beag beann orthu-san. Ar an ngunna mór amháin a bhí a aireachas. Plabadh urchar eile amach sula raibh coinne aige leis. Go hard san aer. Chuala sé é de phleist ag titim sna loganna uisce ar a chúl. Urchar iomrallach. Rith an t-amhras leis. Seans go raibh céad-chogar an mhí-shuaimhnis á bhíogadh i gcroí an namhad. Nochtadh Peadar Siúrtáin dó faoi chrónsolas an chatha, a bhos chlé brúite faoina easnacha.

'Ar goineadh thú?'

'Ní hea. Arraing anála.'

*'En avant, citoyens!'*

In éadan na fána réidhe trí na cocaí féir. Maolaíodh ar an ruathar. Shín sé a cholainn ar chúl coca acu sula gcuirfeadh an gunna a sheanscairt arís de. Bhí Gearaí Cóp sínte ansin roimhe, an clogad Francach crochtha go gaigiúil ar chró a chinn. Plancadh iarracht den cheaineastar chucu. Urchar amscaí. É ag fuirseadh na coinlí fiche slat chun tosaigh orthu. A Thiarna Aingeal, bhí an Gall ar a dhícheall sceimhle ag scaoileadh go hiomrallach.

'A Ghearaí, a mhic, tá mo dhuine ag scaoileadh go hiomrallach!'

Ach bhí an fíodóir ina luí marbh ansin le dhá uair a chloig. Giota miotail ina inchinn. Aidh mon.

Spléachadh dar thug sé i leataobh chonaic sé an líne ionsaithe á giorrú isteach. Figiúirí singil ar cromruathar ó ghiota foscaidh go giota foscaidh. Na céadta acu, bhí an timpeallacht ghlas go beo, snáfa leo. Sciuirdeanna gearra chun tosaigh anseo, sciotáin reatha chun tosaigh ansiúd, na beaignití ina mbroid, reanna na bpící ina mbioranna bagartha rompu. Snaidhm sheang á giorrú isteach.

Nochtar nóiméad na fírinne dúinn.

Glór searbh an trumpa. D'éirigh na haghaidheanna dúghliondracha ón bhfoscadh amach, dlúthaíodh na díormaí, chrom na ranganna ar choisíocht righin

rialta in éadan an chnoic, na ciotaldrumaí ag giobadh
orthu, na hoifigí rompu gona gclaimhte caola, Trídh-
athach na Fraince agus an Glas Éireann á n-iompar
ar fiar ina bhfilltíní síodúla agus iad ag breith speabh-
raídí daite so-stróicthe an duine ag dreapadh i gcónaí
in éadan an aird, agus bhí na fo-oifigigh ag comh-
aireamh na gcoiscéim—clé, deas, clé,—go fuar-
chainteach. Chroch fear suas an dán. Leathnaigh an
dranntán cantana ó rang go rang.—

> *'Allons, enfants de la patrie,*
> *Le jour de gloire est arrivé.'*

Clé, deas, clé, faoi gheasa ag gliogram na ndrumaí,
faoi dhraíocht ag na bratacha mealltacha, faoi
mheisce catha ag an dord dána, siúd leo thar an
gcoinleach in éadan na fána suas.

> *'Enfants de la patrie.'*

Robert Stuart Craigie, abhchóide re dlí, fear fionn
fadfhiaclach. Rugadh 1770. Mac le George Persse
Craigie Bhéal Átha Ghil, Co. Liatroma, agus Fion-
nuala Nic Ghearailt, Na Sailíní, Co. Chill Dara.
Scolaíocht: Port Órga, Coláiste na Tríonóide, Óstaí
an Rí. Phós 1794 Maude Isabelle Blacquiere (*Vid.
Torne: 'Móruaisle Laighean', Faulkiner, Baile Átha
Cliath, mdcclxii*). A Shliocht: Esmée (3), Ossian (2).
A Chónaí: Bellevue, Ráthfearnáin; cloch éibhir,
*porte-cochère* sa stíl Ghréagach, fráma na tine sa
seomra míochuarta maisithe ó mhúnla de chuid
chlann Ádhaimh. A Spéis: an fhicheall, an ceol
Iodáileach, faidireacht an bhradáin, an pholaitíocht.
A Aidhmeanna: Poblacht a bhunú ina thír dhúchais
ar lorg Bhunreacht Mheiriceá agus Bhunreacht na
Fraince.
*Allons!'* Céim ar chéim ar aghaidh, an chnámh, an
t-iarann agus an prás, an smaoineamh agus an stair,

ag ríomh a múnlaí thar choinleach na páirce in éadan
an aird. Arm a sheas ina gcoinne: daoine a rinne an
t-ionsaí is dual don duine.
*'Enfants de la patrie!'*
Máirtín Dubh Caomhánach, sleádóir, fear crón-
leicneach. Rugadh 1772. Mac le Diarmuid Caomhán-
ach, file agus *philomath,* nach maireann (*Vid. Acht do
chum Ceannairc in Éirinn do Chosc, 15 & 16 George
III, c. 21, 1775*), agus Gráinne Ní Ruairc, básaithe.
Scolaíocht: tig leis a ainm a scríobh. Phós Meitheamh
1798 Saidhbhín Mistéil, iníon le Johnny Mistéil
Theach an Dá Urlár agus Méabha Mhór Chonall
Mhic Oscair. A Chónaí: Teach an Chaomhánaigh ar
an Moing; ballaí dóibe, cuireann aos ailtireachta suim
sa díon atá sa stíl Cheilteach; radharc breá ón doras
agus lánléargas ar scéimeanna glasa maireachtála na
hÁdhamhchlainne múnlaithe ar shleasa na sléibhte a
théann ag gobadh a mbeann thar dhroim a chéile siar
go gcailltear an t-iomlán, idir an scéim agus a míniú,
faoi rosamh i gcéin. A Spéis: an stair-sheanchas,
tóraíocht an ghiorria. A Aidhmeanna: Rún a bheatha
nár thuig sé a sheilgeadh óna leaba dhearg.
*'Allons!'*
Bhí taitneamh na gréine ar leatha deiridh na gcapall
ar luail, seifidíl fúthu, fáschogaint ar an mbéalbhach,
fíp eireabaill ag díbirt na gcreabhar. Ó am go ham
scinneadh na crúba de rince eiteogach i leataobh faoi
ghlam na muscaedóirí a bhí ag lámhach chucu ó chúl
na gclaíocha, lámhach a bhí scagtha go maith anois,
é ag dul in ísle brí. Bhíothas in ann eagla an namhad a
mhothú. Mhúscail an tuiscint sin lonn laoich i gcroíthe
nach raibh taithí riamh acu ar an mbua, agus bhrúigh
siad ar aghaidh faoi rithim dhiongbháilte an dáin,
coisithe na gcótaí lachtna, ag ríomh a bhforais feasa
do chuimhne an chine.
*'Le jour de gloire est arrivé.'*
Antoine Mac Reachtain, giolla siopa, scafaire caol
éadromchosach. Rugadh ar lochta os cionn na stáblaí

i mBéal Átha Ghill. Mac le Sonaí Mór Mac Reachtain, gabha, agus Áine Yeates, cócaire. Scolaíocht: Tamall ar scoil oíche a bhí curtha ar bun ag George Persse Craigie do pháistí a shearbhóntaí i dteach úmacha i gclós an Tí Mhóir. A Spéis: iománaíocht, báire binne, an léim fhada, rás na gcos, suirí, an rince nua. A Aidhmeanna: Páirt a ghlacadh in eachtra ar bith a bheartódh Sonaí Bán agus na buachaillí i gcoinne na Yeos.

Thit a dtost ar bhatairí an namhad ina gceann agus ina gceann. Stróiceadh an smúit toite ag leoithne gaoithe, dhealraigh an ghrian tríthi nó gur bhain sí loinnir as rinn beaignite agus as bas píce agus gur bhreac sí scáil-líníocht thar talamh de chosa na bhfear, de lorgaí na gcapall, de sháfacha na n-uirlisí troda; bhí an aimhréidhe uilig ceaptha ina chumasc trom-chiallach ag eagar an dáin a chothaigh an scéin i gcroí an mhuscaedóra Ghallda agus a mhúscail an creathán sa chorrmhéar a d'fháisc an truicear.

'*Marchons!*'

Tomás Mac Niallais, giolla tiomána, ógánach bricíneach mongrua. Rugadh go hanabaí ar iomaire cinn i ngort coirce ina pháiste gréine do Aoife Nic Shitric, sclábhaí fómhair. Scolaíocht: D'fhoghlaim an phíobaireacht agus seinm na fideoige ón Dall Mac Aonghusa. A Chónaí: cró na mbeithíoch, bothóg an bhuailteachais, cróite lóistín ar na bailte aonaigh nó haiste báid ar Chanáil na Mí. A Spéis: Ceolta tíre, bailéid, roiseanna filíochta. A Aidhmeanna: Sasanaigh a leadhbadh mar a leadhbfaí seanbhróg.

Bhí siad gan aird ar an muintir a thit; dhún siad na ranganna, lean siad ar aghaidh. Bádh an phearsanacht agus tréithe ar leithligh an duine faoi thonn an dáin mháirseála nó go raibh na blúirí beathaisnéise agus ciollaracha na cuimhne cóirithe ina rabharta ionsaithe ar mhaoilinn chnoic i gConnachta den chéad uair le céad blian.

'*Marchons!*'

Peadar Aibhistín Siúrtáin, feirmeoir, seanóir maol
síorchainteach. Mac le Seafraí Siúrtáin agus Mairéad
de Búrca. Scolaíocht: Lios na Sí, Co. an Chláir
(Amhlaoibh Ó Briain, Matamaiticeoir); Síol Geiftine,
Co. Luimní (Séamas Mac Siacais, Máistir re hEal-
aíona); Baile Crozier, Co. Chorcaí (Din Dubh Ó
Cróinín, *philomath*); d'fhoghlaim an léamh agus an
litriú ('de réir modhanna múinte Quintillian, scrúdaithe
agus curtha in oiriúint don phobal ag Mac Siacais'),
an t-áireamh agus an fhigiúireacht, an chuntasaíocht
sa mhodh Iodáileach, *Teagasc Críostaí Luimní*, *Lit-
reacha na Laidine* le M. Tullius Cicero agus S. Mac
Siacais, *Stair na Cruinne* leis an gCunta Ó Ceallaigh,
*Beathaisnéisí Ropairí na hÉireann* (Imleabhar a hAon),
an réalteolaíocht (teoiriciúil), an réalteolaíocht (praiti-
ciúil, maraon le prionsabail na loingseoireachta), suir-
bhéireacht talaimh, tairngreacht Cholmchille, '*The
Confessions of Doll Ginstreet,* agus uraiceacht chéim-
seatan. A Spéis: Cúrsaí na hEorpa, an argóint
intleachtúil, an bhiotáille. A Aidhmeanna: an creid-
eamh Caitliceach a fhuascailt ó ghéarleanúint Rialtas
Bhaile Átha Cliath, an daonlathas a bhunú, agus an
Protastúnachas a chur faoi chois.

Thug siad an t-iomlán leo faoi ilmhíniú an fhinscéil;
siúd ar aghaidh leo, na múnlaí coirp a gineadh ó
bhléinte ban, an t-iliomad sinsearachta, an éagsúlacht
aigne agus shamaltais cinn; níorbh é an Ginearál ná
an stair ná an réabhlóid a d'ionsaigh an cnoc an lá sin
ach an duine tíriúil agus an dán anonn thar lear.
B'álainn an radharc a bhí os a gcomhair amach, feis
bhratacha na Breataine ar a gcuaillí caola breactha ar
ghoirme na spéire. D'adhain lasair na mbratach an
paisean iontu. Shantaigh siad an dáil shíodúil luaim-
neach ildathach sin, an ghoirme ríoga, an bhándeirge,
an flannbhuí, meirgí móra maíte na reisimintí,
samhaltáin na dtrúpaí éagsúla, na scairfeanna beann-
acha ar foluain os cionn na bpuball, na clifeoga geala
ceangailte d'fheirceanna na lansaí: bhí an t-uabhar

agus an t-araltas ag griogadh orthu, bhí manaí
órghreanta na nIarlaí, an bhróidnéireacht, na hiaraig-
lifí Gallda, an obair thaipéise agus na fringisí airgeata
ag magadh go meidhreach fúthu, bhí an choróin gona
monagram ag drithliú faoi sholas an lae, bhí an leon
dearg ina cholgsheasamh ar pháirc an óir. Ghluais an
dream beag giobalach leo gan staonadh. Bhí an t-aon
rún amháin i gcroí gach duine.

'*Vaincre, ou mourir.*'

Pádraig Ó Flannagáin, foghlaeir, fear beag mallach-
tach neamhspleách. Rugadh 1760. Mac le Pádraig Ó
Flannagáin nach maireann (*Vid. Rex v. Flanagan, i
ngeall ar chaora a chuaigh amú*), agus Eilís Nic Airt,
*alias* Eilís an Chiseáin. Scolaíocht: Ní chuirtear a
leithéid ina leith. A Chónaí: Bothóg Eilíse, Urrach an
Rí, Sliabh an Iarainn, gan cheadúnas chun póitín a
dhíol. A Spéis: An paintear a shíneadh chun an bhric,
an choinleoireacht a dhéanamh ar an mbradán, an
dol a chur roimh an gcoinín agus roimh an ngiorria;
an tráchtáil, an gaimbíneachas, an bob a bhualadh ar
an sráideánach agus ar bhodach na mbó; an chuid-
eachtúlacht, polaitíocht an pharóiste, an sóisialachas
agus sláinte na gcomharsana; an mhallacht a bhí
snoite agus athnuachan na Gaeilge. A Aidhmeanna:
Spairn bheag troda a dhéanamh ar son na hÉireann.

Nochtar nóiméad na fírinne dúinn.

Scinn capall amach tríothu le clagarnach crúb.
B'fhacthas dóibh gur ón spéir a thuirling sé. Gearrán
buí Beilgeach agus é ina líbín báite leis an allas. An
fear slim ina sheasamh ar leathmhaing chun tosaigh
sna stíoróipí, saibhreas phluda an chontae air ó
bhaithis go bun, eireaball a chasóige ar sileadh ó ard
a thóna siar, a hata crochta in airde aige ar rinn a
chlaímh agus an caolghuth ina sceadamán ag fógairt
an damnú go deo ar ghunnadóirí na corónach agus
Éire go bráth.

Bhuail na drumadóirí an *pas de charge* . . .

**Bhog an namhaid chun siúil.**

**8**

Rinne Máirtín uchtbharr an chlaí a chaitheamh de léim láimhe. Bhí na gunnadóirí glanta leo, an gunna fágtha ina dhalldramán balbh ar a charráiste, bhí snáithín deataigh ag sileadh lena ghob. D'fhág sé lámh leis go saonta ar an mbairille amhail is dá ngabhfadh sé ina phríosúnach é; ba bheag nár dódh barra a mhéar go dtí an chnámh bhí an miotal chomh dearg te sin. Thiontaigh sé go feargach uaidh, shatail ar charnán de chaora ordanáis a chuaigh ar rolladh reatha faoina bhróga nó gur síneadh ar a smig faoi ar dhromchla an bhóthair é, tharraing sé é féin ina sheasamh, d'imigh ag cliotaráil sa tóir ar an eireabaillín den mhuintir dhearg a bhí ag teitheadh béal a gcinn rompu isteach chun an bhaile.

Bhí na muscaeid ag glamairt go binbeach agus na pící ag eitilt tríd an aer. Bhí an duine gonta ag únfairt ar ghruaibhín an bhóthair agus an duine slán ag dul de léim thar a chorp amach. Sciuird sé féin ina ghealt trí phlód na dtóraitheoirí a bhí ag imeacht ar a dtréan scairte agus ar mire reatha. D'imir sé a uillinneacha orthu chun go mbrúfadh sé amach chun tosaigh. Bhuail sé speach de bharr a bhróige ar chiotaldruma a tháinig sa tslí air, chuaigh an druma ag rolladh go guagach agus glór toll leis faoi chosa confacha na bhfear. D'aithin sé buataisí buí an Foghlaera ag glioscarnach i gceartlár an ghriolsa. Samhlaíodh dó go raibh tafann madra measctha trí ghleoiréis chaithréimeach na Fraincise agus na Gaeilge.

Chuaigh scata den lucht teithe ag streachailt thar dhíog an bhóthair isteach sna hulloird agus sna cúlghairdíní. Siúd leis ar na sála chucu, ceo fola sna súile aige, a chliabh dóite le saothar anála agus gach búireach bhuile ina bhéal ar son an *Révolution*. Sheas óganach Gallda roimhe amach ag bagairt a chlaímh air. Folt fionnbhán, súile óga oighreata ar ghoirme na spéire. An claíomh cliste ag siosarnach agus ag drithliú. Mhothaigh sé an ghoineog trína chóta faoina bhrollach clé isteach. Lansaigh sé an píce chun tosaigh, fuinneamh a imeachta faoin sáfach, sháigh sé an bior trí bhoige na scornaí nó gur chnag sé ar chrotal chnámh an mhuiníl siar, agus cartadh an t-ógánach ina chnap ar chúl a chinn.

Bhí an phian ina dealg nimhneach ina chliabh féin. Bhí giota de rinn bhriste an chlaímh sáite sa ghoin an t-am go léir. Ní raibh ar a chumas é a bhaint amach. Ní raibh ar a chumas na snaganna goil a réab faoina easnacha a chiúnú. Bhí a scornach istigh chomh tirim dóite le tornóg, gach snag casachtaí dá gcuireadh sé de d'airíodh sé a scamhóg chlé á scianadh ag an tslisne mhiotail. D'fháisc sé a fhiacla le teann díbheirge. D'imigh claochlú ar a choinsias, ghabh an uaillmhian ainrianta seilbh ar a ghéaga agus chuaigh sé ag treabhadh agus ag búireach roimhe tríd an ullord ag tóraíocht na naimhde ina gcróite folaigh.

Ghabh a bhróga troma ag meilt na n-úll glas a bhí tite de na crainn de dheascadh stoirm na hoíche, agus bhain sé taitneamh searbh as an tsladaíocht sin. D'aimsigh sé péire pantalún de naincín gorm ar crochadh anuas mar a raibh diúlach milísteora ag iarraidh dul i bhfolach ar chrann úill in airde. Shín sé an píce chuige, chuir an crúca i bhfostú ina bhóna, tharraing anuas ina phleist ar an talamh é. Chuaigh an milísteoir ar a ghlúine roimhe, bhí a fhiacla ag cnagadh ar a chéile agus an monabhar achainí go briotach tríothu. 'Ná maraigh mé, a mhic. I ngeall ar Chríost, ná maraigh mé!' Stróic sé a léine ar oscailt, thaispeáin a bhrollach agus clúmh liath na haoise air ag súil go maothódh sé é, ach ní raibh gar aige, cuireadh an tua i bhfeidhm air, scoilteadh cnámh an uchta chomh héasca is dá mba blaosc uibhe a bheadh inti.

Ní raibh ar a chumas an ainmhian dhúnmharfach

a shrianadh. Lean sé sa tóir trí gheata an ulloird
amach, lasc leis ag satailt trí dhosanna cabáiste ghil
agus trí phlandaí píse i ngairdín ar chúl na dtithe.
D'imir sé páis fhadálach ar spanlóir de shaighdiúir
ríoga a bhí ag iarraidh éalú thar bhalla an ghairdín.
D'oibrigh sé sáfach an phíce i modh sluaisteála nó gur
ghread sé faobhar na tua anuas arís agus arís eile ar
cholainn an íobartaigh. B'é a dhícheall é an píce a
bheartú i gceart, bhí troime na luaidhe ann, shleamh-
naíodh an tua i leataobh nó go mbaineadh sí splanc
agus scealp aolchloiche as an mballa, ach dhírigh sé
a aigne agus a chumas go léir ar an obair, rinne sé
slaisteáil agus athshlaisteáil ar chró na baithise nó go
raibh bodach an chóta dheirg mar a bheadh sé
tairneáilte do bharr an bhalla, a chosa ar crochadh
laistigh, a lámha síos leis lasmuigh, an inchinn ag
sileadh ón gcloigeann marbh.

'*Vive,*' ar seisean d'osna creathánach a chuir an
fhuil ag brúchtaíl ina scornach. '*Vive la* . . . Ach bhí
an focal dearmadta aige. Bhí an domhan ag dul chun
dorchachta air, bhí siollántacht ina chluasa, d'éirigh
bladhm éigin tine ag splancadh san amharc air.
'Cuimhnígí,' chuir sé de chogar uaidh, 'cuimhnígí ar
Uilliam Orr.'

Bhí an racht díbheirge ag trá air. Níor fhan neart
mná seolta ann, bhí a ghéaga ar crith mar a bheadh
sé préachta leis an bhfuacht. Ba dhéistin anama dó an
scléip dhúnmharfach lenar lig sé srian, ba sceimhle
aigne dó an phian shlim a bhí sáite idir na heasnacha
faoina bhrollach clé. 'Ní rachaidh tú,' cheap sé a rá
leis an gcorpán céasta, 'ní rachaidh tú. . . .' Ach ní
raibh feidhm a thuilleadh sna téadáin ghutha aige, an
aigne amháin a rinne na focail a dhealbhú.— Ní
rachaidh tú isteach ar an urlár chuici. Ní rachaidh tú
isteach.

Deargluisne a bunchóta bréidín a chonaic sé agus
í chuige thar an urlár cré anall ina hionmhas ón Rí.
Nó go raibh an saol ar lasadh roimhe, an bhothóg ina

caor tine timpeall uirthi, snaidhmeanna deataigh á tachtadh, an scairtín caol imeagla i gcéin ag glaoch air. A Mháirtín.

A ainm féin. D'oscail sé a shúile. Samhlaíodh dó go raibh sé in áit anaithnid faoi chaoinlonrú ghrian an fhómhair, seanbhalla gairdín os a chomhair a raibh an screamh bhuí agus duileascar na gcloch ag fás air agus blúirí géara de bhuidéil bhriste sáite ina bharr. Samhlaíodh dó go raibh an domhan mór ag borradh chun gnímh éigin i gcéin ach níor seoladh a ghála gártha chuige ach mar a bheadh braisle cloigíní i gciúnas an domhain bhig inar sheas siad, an bheirt acu, síol Ádhaimh, é féin agus an bás faoi éide scarlóideach a bhí crochta ar an mballa. Thit tuiscint an tsaoil ina siollaí glinne cainte ar thiompáin a chluas: *'Cailltear gach cath.'*

Chlaon sé a cheann go hatuirseach i leataobh go bhfeicfeadh sé cé labhair. Ní raibh éinne ann, ní raibh ann ach péarlaí an uisce ag drithliú ar dhuille cabáiste agus na scealpóga glasa gloine ag drithliú agus ag drithliú ar bharr an bhalla.

Tugadh le fios dó go raibh de dhualgas air dul thar an mballa sin amach. Bhí céad meáchain de throime sna bróga faoi. Foirtil na spride amháin a scaoil pairilis an choirp, a bhog chun tosaigh é, a d'ardaigh na ceathrúna stalctha go barr an bhalla. Bhí an píce fada ag teacht trasna air, ach ar chuma éigin chuaigh de a ghreim a scaoileadh den sáfach. B'fhacthas dó nár leis féin an píce, nár leis féin an dorn a bhí fáiscthe air, nár leis féin an stangaire coirp a bhí á ardú aige ina ualach spadánta trasna an bhalla. Goineadh bosa a lámh ag na scealpóga gloine. D'amharc sé le hiontas ar na cneácha a bhí inghearrtha ar na bosa leathana faoi mar a d'osclófaí go néata ag lann rásúir iad. Chaith sé meandar ag léirsmaoineamh ar an sleán agus ar chumhracht na móna úrbhainte. Bhí tart an domhain air. Dar leis gur chrom sé a cheann thar pholl portaigh, gur stán uaidh síos san uisce dubh.

D'imigh an chabhail agus na géaga dalba ó smacht air agus shleamhnaigh siad ina gcnap amscaí ón mballa i bpuiteach an lána amach. D'éirigh arraing ghéar chuige ó bhun na scámhoige clé mar a raibh slisne an chlaímh ghallda ina dhealg bháis i mbeo. Talann laige ag dúnadh na súl air. An bhladhaire dhearg ag fanacht ar an iomlán. A guth i gcéin ag iarraidh taisme éigin a chur in iúl dó. A ainm féin.

—A Mháirtín!

Mhothaigh sé boige na gcíoch agus an teas máthartha faoina leiceann. Ní raibh ar a chumas a rún geal a nochtadh agus a chumadh i bhfocal binn. Dhearc sé saibhreas a hainm ina fhrása d'aithinní beaga dearga ar snámh tríd an aer mar a bheadh dusta an óir i nduibhe na hoíche.

—A Mháirtín Dhuibh!

—Cuir an glas ar an doras, a thaisce. 'Eagla an tsionnaigh.

## 9

Bhí ciúnas an tsaoil thall sa lána. Áit uaigneach a bhí ann, láithreán cúlráideach ar chiumhais an bhaile mhóir mar a ndéantaí fuílleach na dtithe agus truflais bheatha an duine a chaitheamh agus a charnadh leis na céadta bliain. Bhí dramhaíl an bhia ann, pracar an urláir, luaithreach na dtinte móna a chothaigh an bheatha, an greann, an seanchas agus an tsamhlaíocht i dteallaigh an bhaile ó ghlúin go glúin agus a bhí scáinte anois ina phuiteach buí a raibh sclaigeanna gearrtha tríd ag rothaí na gcairteacha; bhí seanairnéisí an tí agus an tsiopa ar fhis, easnacha chreatlach an asail, iarsmaí de lampaí agus de ghréithe na cistine, bliúncanna de chupáin, de phlátaí, de bhuidéil; bhí bróga béalscaoilte ag stánadh aníos as an gcúl spruadair, bhí ceirteacha éadaí á lobhadh sa chré ar ais.

Deireadh na dála. B'fhacthas dá aigne go raibh an fhadhb fuascailte, gur thuig sí an finscéal.

Bhí an ghrian agus an bréantas ag cothú na torthúlachta sna sméara ramhra dubha ar na driseoga a réab a mbealach go ráscánta tríd an truflais aníos, bhí an neantóg nimhneach faoi chíréib ainrianta fásaigh trí bhrocamas an bhaile, bhí teannóga tachtacha an eidhneáin agus an ialuis ag breith a ngreamanna glasa ar an iomlán.

Deireadh na dála. Chuir an aigne suntas faoi leith i mbainne na muc.

Bhí meabhrú a aigne chomhair a bheith scaoilte ó ghéibheann an choirp; ach ní raibh an t-éirí amach deiridh déanta, ní raibh an tsaoirse shíoraí bainte amach aici go fóill. Bhí sí mar a bheadh sí ar foluain idir an dá shaol. Fuair sí léargas ar an bhfírinne trí shamhaltais díomuanna an tsaoil seo i láithréan fuílligh ar chúl an bhaile mhóir Lá an Luain. Níor mheabhraigh sí trí mheán na bhfocal níos mó, taibhsíodh gach rud go soiléir as cuimse di trí mheán na súl. Thuig sí trumpa bán an ialuis nár séideadh ach trína thost. Agus nocht an fear bocht fríd an gháire ar a bhéal.

Ach bhí píobarnach i gcluasa an fhir a bhíog an aigne chun míshuaimhnis, mar a bheadh macalla ón saol seo ag giobadh uirthi, fadhb bheag fós le fuascailt; rinne sí an crónán i gcéin a ghrinnscrudú nó gur tuigeadh di nach raibh ann ach an puch seang ag seabhrán ar bhainne na muc. Tugadh d'imfhios di go mbeadh cor beag eile fós le cur di i gcuingir le corp an fhir, agus d'fhéach sí lena mhúscailt.

Bhog sé na géaga stalctha, d'éirigh ina sheasamh agus sáfach an phíce mar chrann taca faoi, chrom ar ghuagadh lútála roimhe tríd an gcosamar. Bhí mearbhall fileata gliondair ina cheann, an t-iomas forosna a dtagann gach cúis faoin ngrian faoina scóip.

D'fhan sé tamall ag dearcadh ar iarsma de leaba chlúimh, go bhfaca an clúmh ina mhaos ag déanamh créafóige agus nóiméad dall na meala á chaitheamh ag na péisteanna dearga a bhí snaidhmthe ina chéile ann. Dhéanfadh sé gáire mura mbeadh goin a bháis ina chliabh a d'fhág balbh é. Siúd ar aghaidh é de spágáil na dtrí chos agus é ag baint suilt as boladh na gairleoige a bhí ag bréanadh an aeir. Sheas pantar de fhrancach dubh broinnfhairsing ag stánadh air, chas go tóinleisciúil, shleamhnaigh de phlab san fhualuisce. D'éirigh iomairí beaga airgeata ar an tsalaíocht ag déanamh ríme ina aigne, cheangail siad nasc ina chuimhne, chonaic sé gliográn deas uisce ag sileadh le fána agus cosa geala cailín á n-ionnladh ann, agus dhéanfadh sé gáire den ghoin seirce mura mbeadh an ghoin eile.

Chuir sé suim i bpéire féileacán, giotaí iomlatacha de ghoirme na spéire ag fearadh a mboghsíní suirí os cionn an bhrocamais. Thuig a anam an fhírinne, d'fhair a aigne an áilleacht, ach b'fhacthas don duine gurbh ionann an áilleacht agus an fhírinne, agus go raibh siad araon ionchollaithe sa phian mharfach a bhí ag réabadh faoina easnacha. Tháinig tallann laige arís air, bhí a chóta mór ina ualach trom tinnis anuas ar a ghuaillí, dhorchaigh an lá ar a chéadfaí amuigh, mhothaigh sé an bhrúchtaíl fola ina chliabh istigh. Is de theann tola amháin a d'fhan sé ar meisce liongála i sclaigeanna an bhealaigh. De réir a chéile thráigh an rabharta péine a d'fhulaing sé go dtí nach raibh fágtha ach an ceolán ina cheann, smidrín cuimhne ag piocadh as, geonaíl ainmhí.

Nuair a ghlan an smúit phéine dá shúile dealraíodh dó an madra gearr ina luí sa lathach ar a bholg faoi. Bhí an soc simplí sínte ar na lapaí tosaigh, an faicín eireabaill ar crith cumha. D'fhéach sé isteach sna rosca boga ciardhonna. Níor chás leo é. Leanadh den gheonaíl chiúin a raibh díomá an ainmhí faoin saol á chur i gcéill aici.

Buaileadh isteach den chéad uair ar a intinn bréantas agus tuthaíl an láithreáin fhuílligh ina raibh triall a chos. Chonaic sé an chuileog ghorm, chonaic sé an corp cuachta i ngránnacht agus i ngraostacht aoileach an tsaoil. Tugadh léas beag tuisceana dó ar smál sinseartha thoil an duine, agus ar an tsáinn phearsanta ina raibh sé féin. Rith sé leis gur cheart dó smiota paidre a rá, aithreachas a dhéanamh. Theip air. Níor éirigh leis siolla dá laghad a aimsiú. Sheas sé faoi ualach a chóta lachtna, an fear gonta, scéin an bháis ina shúile. Ní fhaca sé roimhe ach cóilíneacht gharbh d'fheochadáin bhorba ag lonnú fúthu ar raic na mblian, cochaill na giniúna go tárnochta san aer acu agus an canach bán ag sileadh leo. Ag feitheamh ar lá na gaoithe. Chuaigh sé ag crúbadach ina dtreo. rinne iarracht ainneiseach ar lann fhuilteach a phíce a ghlanadh ar na gasanna righne. Ag déanamh aithreachais. Croitheadh na plandaí deilgneacha den chuimilt sin, d'éirigh blúirí canaigh amach gur imigh ar fiodrince le leoithní an aeir agus na frídíní síl á n-iompar acu thar na gairdíní, thar na díonta, thar na machairí i bhfad ó bhaile.

Tháinig na bróga troma tairní, na stocaí den ghlasolann, faoi raon a shúl. Thug sé faoi deara na giobóga beaga de ribín uaine a bhí fuaite i mbarra na stocaí. Níor thaitin siad leis. Chuir siad imní air, múisiam éigin. Chrom air ag méirínteacht ar ribín acu, ag iarraidh é a stróiceadh den stoca. Ach ní raibh sé in inmhe a chuid méar a stiúradh; an dorn a réab agus a dhealbhaigh bunábhar dalba na moinge, ní raibh feidm ann den dul seo giobóg ribín a easáitiú. Thug sé an samhaltaisín uaine leis go deireadh na scríbe.

Thiomáin sé leis ar aghaidh. É ag lámhacán. É faoi thámhnéal laige, fuil a bhuanéaga lena bhruasa. Ag sraoilleadh leis, ag fearadh an fhogha dheireanaigh. Dhún an bealach isteach air nó go raibh sé ina scabhat cúng idir taobhbhallaí dalla na dtithe. Áit dhorcha,

iontráil chaol, í ina maos puitigh ag bualtrach na
mbó. Tharraing an chabhail chréachta léi, i modh naí,
ó chuibhreann na broinne á seoladh trí arraing
phasáiste an toircheasa ag fearadh an chéad fhogha
faoi shaoirse shearbh an aeir.

D'fhéach sé trí airse bhéal an scabhait amach.
Taibhsíodh dó an lá geal agus an radharc is áille ar
dhroim an domhain. Díonta cumhdaithe baile bhig
faoi shuaimhneas a dtoite iarnóna. Ballaí aoldaite na
hÁdhamhchlainne. Friothamh na gréine i mbolg-
shúilíní ghloine na bhfuinneog. Agus idir ballaí bána
an bhaile sin dhearc sé an aisling. Toradh an *attaque*.

Bhí an tsráid plódaithe. Bhí an drongbhuíon
ildathach ina sruth reatha.

Dhearc sé an raon maidhme.

10

Rith an fear agus an beithíoch, rith an ceann críonna
agus an cholainn óg, rith an coisí an méid a bhí ina
chosa, rith an marcach le srianta scaoilte, rith an boc
mór agus an boc beag, rith an bochtán milísteora, an
bodach ceithearnaigh, an séithleán de shaighdiúir
gairmiúil, agus bhí rothaí chóistí an uaslathais sna
spalpanna reatha. Rith lucht na muscaed, lucht na
lansaí, lucht an ordanáis, an husár, an gránadóir, agus
an cairbínire, an dragún agus an scirmiseoir, d'fhág
siad slán le hord agus le heagar agus thug do na
bonnaí é ar mhuin mairc a chéile in aon bhrútam
amháin agus meascán mearaí mar a bheadh an tóin
tite as an saol nó go raibh an tsráid ina mangarae
lena raibh de bhróga agus de chrúba sceimhle ag brú
ar a chéile agus is ann a bhí an chaismirt agus an

chipeadaraíl. Smiotadh gach reisimint, gach díorma,
gach complacht, gach cipe ina gciollaracha ildathacha
reatha gan riar gan rialú, éidí éagsúla ina rothlam
rása, an scarlóideach, an gorm, an glas, agus an
flannbhuí; bhí Milíste Chill Chainnigh agus Milíste
Chiarraí ag baint an bhóthair dá chéile, bhí Marcra
an Tiarna Roden—na *Foxhunters*—ina dtáinrith trí na
*Frazer Fencibles,* bhí *Fencibles* Phrionsa na Breataine
Bige ag fuirseadh thall is abhus trí Cheithearn Chúige
Laighean agus trí Cheithearn na Gaillimhe, bhí Milíste
Longphoirt agus Ceithearn Mhaigh Eo gob ar ghob
ar a mineghéire ag imeacht in éineacht le muintir
Airghialla agus le spanlóiri na bhfillte beaga agus na
gclaimhte móra ó Ghaeltacht na hAlban, siúd ar na
sála orthu an Séú Reisimint den Chos-Slua Ríoga
agus ní bréag a rá go raibh coisíocht mhaith fúthu.
D'fhág siad slán le smacht agus le humhlaíocht, níor
ghéill siad do chéim ná do dheasghnáth míleata, bhí
tosaíocht ag an sáirsint ar an nginearál, ghread an
coirnéal leis ar lorg an drumadóra, bhí an captaen,
an meirgire, an máistir croiméalach ceathrún, giolla
glanta na mbróg, an trompadóir taibhsiúil, cléireach
an *commissariat,* agus giolla scafa na bprátaí ag baint
na sál dá chéile; bhain an t-aidiúnach as, bhain an
ceannaire deichniúir, bhain an gamal de ghlas-stócach
gur ar éigean a bhí bainne chíoch a mháthar gallda
triomaithe ar a bheola agus an seanchrandúir saigh-
diúra a raibh reang de rinn chlaímh ar a leiceann mar
fhéirín cuimhne leis ó Sharatóga; siúd le bearbóir na
Reisiminte Ríoga ag scianadh a shlí roimhe, siúd le
blagadán cócaire an Iarla Longfoirt nár fhan lena
naprún geal a bhaint dá íochtar nó gur phreab sa rás
go spadbhonnach leis mar chách; shín an ministéir
Albanach sa rith agus a bhata draighin ina dhóid,
lasc an slataire leifteanaint leis agus soinéad suirí do
ghormrosc a leannáin i gCathair na Gaillimhe i
dtaisce ina phóca, chuaigh an saineolaí ar ghunnaíocht
i muinín an reatha, agus an t-intleachtach *aide-de-camp*

a d'fhoghlaim liodán beag Laidine ag Oxford nó go
rachadh sé i gcionn cleasa catha a riaradh, ruaigeadh
sa choimheascar é, d'imigh a theoiric le haer an tsaoil.
Agus d'imigh an fíorshaighdiúir, an réalaí. Chonacthas
é, an ceann ceart críonna, an Ginearál Lake, Ard-
Cheannasaí an Airm Ghallda in Éirinn le linn éirí
amach an Deiscirt, an aigne fhuarchúiseach, an tsúil
ghlinn san aghaidh phlucach, an tsrón iolarach
crochta roimhe, ceannurra cruinndearcach na sluaite,
an té a chruthaigh teoragán na foirtile míleata ar
bhothóga Loch Garman nó gur fágadh an cloigeann
gan chraiceann agus an óghbhríd gan mhaighdeanas
ina *quod erat demonstrandum* agus de bharr a ghníomh-
artha gaisce gur bronnadh an teideal air, an Búistéir
Lake,—chonacthas é, seal nóiméid, toirt a chabhlach
cromtha sa diallait, na spoir ar straidhn phriocála
aige, eireaball a chapaill sínte ar ghaoth a imeachta,
agus chruthaigh sé go maith sa ruagairt rása an lá
sin. Sheas fear amháin, Éireannach, Iarla Ghranaird,
sheas sé ar dhroim an droichid, rinne iarracht a
dhrong dhearg féin a chosc den ruarás, d'agair sé,
d'impigh sé, cháin sé, mhallachtaigh sé iad, pholl sé
an bolg ar bheirt acu de shá claímh, ach ní raibh gar
dó bheith leo, scinn, sciuird agus sciorr siad thairis
amach, d'fhág sé ag an diabhal iad, chaoin deora na
deargnáire, thug rothag faoin léim sa diallait suas
agus ghlan leis tríd an gcíréib. Mar bharr ar an
mearbhall tosaíodh ar philéir a scaoileadh sa phrompa
leo ó fhuinneoga uachtaracha na dtithe, agus bhí pící
ar an sean-nós fileata á raideadh ina bhfiansleánna
tríd an aer. Chonacthas an tréan-each cogaidh ag
eitilt ar a chosa deiridh, a shrón báite ag allas a
imeagla, an cúr bán lena pholláirí agus a mhoing ina
mothall scáinte; chonacthas díon canfáis an vaigín
armlóin ar luipearnach mearaí ó thaobh taobh trí
dhriopás an tslua agus na miúileacha dubha maol-
chluasacha ag greadadh le báiní thar na clocha
pábhála; chonacthas *barouche-landau* a raibh círín

armais Iarla Urmhumhan ar a dhoras agus leath-
bhordáil mheisciúil á tógáil aige tríd an líonrith, an
cóisteoir ag lascadh san aghaidh ar na hainniseoirí
coisithe a raibh an bealach trangláilte leo—'Bealach,
a bhodacha! Fágaigí bealach dá Thiarnas!'—an
mhallacht ag tuilleamh na mallachta, an péire de
shárchapaill liatha á mbíogadh ar sclimpireacht sleas-
rince. Sheas scuaine de Mhilíste Longphoirt agus
baicle bheag de Mhilíste Chill Chainnigh ar imeall na
ruaige reatha, a lámha sínte in airde acu agus a gcótaí
iompaithe nó go raibh an taobh contráilte amuigh i
gcomhartha gur thoiligh siad athrach páirte a ghlacadh
agus imeacht faoi bhratach an Ghinearáil Humbert—
'ar son an chreidimh,' arsa Paidí Beag Ó Leathlobhair
ó Chill Chainnigh, 'ar son na sean-tíre,' arsa an
gunnadóir Mag Aoidh. Fuadaíodh an mathshlua
tharstu amach. D'fhuadaigh an t-uamhan an Ginearál
Hutchinson, Ard-Cheannasaí an Airm Ghallda i
gConnachta, gur ghabh sé thar bráid sna glintreacha
reatha, lasc an Ginearál Trench sa rás leis, d'éalaigh
an Captaen Urquart leis go cúramach agus céad
abairtí a chuntais á gcumadh cheana féin aige faoi
phoncaíocht íorónta na bpílear, réab an Captaen
Cionnaodh Mac Alasdair a bhealach roimhe go
rábach, siúd thart go doilíosach leis an gCaptaen
Shortall Ceannaire an bhataire a sheas an chuid ba
thréine den troid, chaith an Sáirsint-Phíobaire Mac
Aindriú a phíb chogaidh uaidh agus chaill sé a
bhoinéad gorm sa ruathar, thaispeáin an Leifteanant
Simla Jack Jenkyn go raibh taithí éigin aige ar
cholainneacha a bhrú faoi chosa a chapaill, agus rith
rúnaí an Ghinearáil Lake,—eisean a dheimhneodh don
Rialtas chomh tiubh géar is a gheobhadh sé an anáil
chuige 'nach bhfaca sé péasún Gaelach ar bith ar
láthair an chatha,' luaimnigh sé thart ar a shéirse gan
smaoineamh go raibh aigne an phéasúin Ghaelaigh
ag dearcadh air trí shúile na mí-chinniúna ó bhéal áirse
an scabhait amach. As go brath leis an mbantracht

tríd an bhfuadairnéis; d'imigh an drong sciortach, mná na saighdiúirí a raibh dintiúir a bpósta acu, an lucht leanúna agus scamharaithe an champa ag brostú leo ar an dá luas; d'imigh an dubh, an bán agus an breacliath, an faingín fionngheal de chailín comónta, an rábaire mná, an striapach scailleagánta, stiúsaí lúfar na gruaige scaoilte, bhí siúl mór ochlánach díobh ar an mbóthar; d'imigh bean an tsaighdiúra tuarastail chun bealaigh faoi dhíon an vaigín, an béiceachán linbh ina baclainn agus cibeal de pháistí srónsmeartha ag caoineadh ina timpeall; chuaigh braisle de phéarlaí na mbrollach bán thar bráid faoi chumhdach cóiste; rop na stompóga ab aclaí leo ar scaradh gabhail ar mhuin capall agus greim báis acu ar choim na marcach a bhí ar bharr na bhfásca roimh an bhfraoch a bhí chucu; bhrúigh na fir na mná as a mbealach, bhain a mbróga gliogar as an mbóthar, **agus** bhí mílte agus tuilleadh den táin sin fós ag briseadh na ladhar ina ndiaidh. Bhrúcht sruth trom leis an taoide reatha. Scinn fiabhras na himeagla ó chipe go cipe mar a sheolfaí an aicíd dhubh le gaoth Mhárta ó gharraí go garraí i dtráth gorta, agus d'fhág siad slán leis an bpáirc sin ina gcéadta agus ina mílte, cúig mhíle de choisithe agus míle go leith den mharcra a ghabh páirt san eisimirce sin, mórshiúl millteanach ag freagairt don dúchas is treise i gcroí an phobail gan ceangal spride nuair a nochtar nóiméad na fírinne dó: rithigí! Taibhsíodh aisling bhriseadh an Airm ina scannán reatha ar phánaí bolgshúileacha na bhfuinneog, forneart Impireachta briste scáinte ina mhionchodanna—an bréidín dearg agus an línéadach geal, an shako, an cafarr, fionnadh an bhéir ó thuaisceart reoite an domhain, círíní de chleití an éin ón Astráil, lása ón Tír-fó-thoinn ar chufaí agus ar charabhait, clúmh na péacóige ón bPeirs agus ón tSín, breacán ildathach na hAlban, léinte cadáis ó phlandálacha an Domhain Nua, an t-órshnáithe, an céimric, an síoda Indiach, an veilbhitín, an mheirg chorcar-

dhearg, an t-éabhar ó Chósta an Óir ar chorn na
diallaite, an leathar greanta ó Mharacó, an lann
dheashnoite de chruach Toiléadó, na buataisí loinnir-
eacha i bhfaisean mhuintir Hesse, an crios coime agus
an crios gualainne, an bhréagfholt faoina ghealphúdar,
an ribín glas ar an nglibín cúil agus an smigiris phráis
thar an leiceann óg ag cothú na postúlachta—
scuabadh an t-iomlán chun siúil. Seilgeadh an *morale*
agus an coinsias míleata, cuireadh briseadh ar
thíoránacht an iarainn ó thriall a ghnáis, d'imigh an
saoltacht mar a bheadh Dia á rá leis, agus rith an
*Realpolitik*. Níl léamh ná scríobh ná insint loighciúil
ar an bhfinscéal, ach gur chum nóiméidín imfheasa
dráma an rása agus gur chóirigh tairní na mbróg agus
crúite na gcapall an ceol. Síobadh neart an Airm
Ghallda ina smionagar faoi gheit an *attaque,* scaipeadh
i gcéin na blúirí éidreoracha mar a bheadh canach an
fheochadáin lá gaoithe a bheireann leide an tsíl leis
thar an machaire, thar an moing. . . .

Leanadh den tóir go hardtráthnóna nó go raibh an
díbirt dheiridh déanta agus an rás rite. Bhí an bóthar
mór ina rachlais le fuílleach an Airm; fágadh ocht
gcinn déag de ghunnaí ordanáis ar pháirc an áir,
caitheadh dhá mhíle muscaed cois bealaigh, fágadh
bratacha agus meirgí gan áireamh, bairillí gunna-
phúdair agus trucailí armlóin, claimhte, piostail, lansaí
as cuimse, trealamh cogaidh agus uirlisí ceoil, ciotal-
drumaí, trumpaí, píbe Albanacha, buabhaill phráis
brúite faoi chrúba na gcapall, cáipéisí, úmacha, gunna-
charráistí, pubaill, fearaistí an champa agus an
chócaire, folcadán stáin an Tiarna, plátaí airgid
dhinnéar an Iarla, an sciléad iarainn agus an friochtán
féin. I gciseán a bhí sáite i ndíog cois bóthair fuarthas
trí dhosaen buidéal lán go scrogaill le fíon dearg
Opórtó. Thángthas ar shoinéad suirí an tslataire
leifteanaint nuair a scrúdaíodh cáipéisí na marbh, agus
chonacthas fallaing ógmhná crochta ar sceach gheal
mar ar séideadh dá gualainn í sa rith.

## 11

Thit a thost ar Chaisleán an Bharraigh. Scaoileadh téad le cuirtíní síodúla cheo an fhómhair, ag plúchadh na ngártha i gcéin, ag dúnadh an radhairc. Lasadh na fuinneoga faoi fhuineadh ghrian an Luain. Bhí an Glas agus an Trídhathach ag ionnladh a bhfilltíní sa solas loiscneach go hard os cionn an bhaile. Bhí anáil na hoíche sa tsráid, bhí an dorchacht ag lonnú i log an dorais, bhí na scáileanna dubha á gcruacháil i mbéal na háirse cheana féin.

*Peractum est.*

Titeann míogarnach na tuirse ar shúil an bheo, siocann an tsúil ar an marbh. Tá na préacháin ag tuirlingt go callánach i mbarra na leamhán ar ais.

Tá an Táin déanta.

# ERRATA

## Eoghan Ó Tuairisc, L'Attaque
### Ceartúcháin ar eagrán Chló Mercier (1980, 1989, srl)

| | | |
|---|---|---|
| **10.**25: | ar cheo | > an cheo |
| **18.**1: | | > 3 |
| **29.**33: | seiseant | > seisean; |
| **29.**34: | bheis | > bheist |
| **32.**1: | | > 5 |
| **35.**1: | gnnáthach | > ngnáthach |
| **35.**28: | i amhras | > in amhras |
| **37.**18: | mhaidhe | > mhaide |
| **38.**10: | Mháritín | > Mháirtín |
| **41.**7: | cuid | > chuid |
| **50.**21: | cufmhne | > cuimhne |
| **53.**29-31: | déirighc | > d'éirigh |
| | g'ónáan | > gcrónán |
| | leathróstr | > leathrósta [-róstaithe] |
| **54.**25: | sciar | > scian |
| **59.**11: | Bí | > Bhí |
| **60.**30: | trsáid | > tsráid |
| **62.**24: | at | > ag |
| **65.**21: | dá amscaí go fiú | > dá amscaí, go fiú |
| **68.**8: | Loch Coinn | > Loch Con |
| **71.**18: | Bhailligh | > Bhailigh |
| **71.**22: | ata | > atá |
| **71.**35: | bhfliucras | > bhfliuchras |
| **84.**9: | éir | > léir |
| **88.**14: | gul | > guí |
| **92.**5: | on | > ón |
| **94.**38: | dhamanata | > dhamanta |

| | | |
|---|---|---|
| **97.**3: | da | > dá |
| **97.**7: | gceidfeadh | > gcreidfeadh |
| **97.**34: | máinleá | > máinlianna |
| **104.**1: | | > 3 |
| **108.**25: | t-urchair | > t-urchar |
| **109.**16-7: | ceannsaithe | > ceansaithe |
| **115.**6: | mhacaire | > mhachaire |
| **115.**21: | cleachta | > cleachtach |
| **117.**24: | iarnóna,agus | > iarnóna, agus |
| **120.**2: | hoifigí | > hoifigigh; |
| **120.**1: | Órga | > Abhla |
| **123.**4: | Síol Geiftine | > Eas Géitine? |
| **125.**26: | an Foghlaera | > an Fhoghlaera |
| **127.**1: | ulloird | > úlloird |
| **130.**11: | ialuis | > ialusa; |
| **130.**29: | ghrinnscrudú | > ghrinnscrúdú |
| **132.**31: | feidm | > feidhm |
| **136.**26: | Shortall ceannaire an bhataire a sheas > Shortall, ceannaire an bhataire, a sheas | |
| **136.**38: | brath | > brách; |
| **136.**34: | Tír-fó-thoinn | > Tír fó Thoinn |
| **138.**5: | bhréagfholt | > bréagfholt; |
| **138.**11: | saoltacht | > tsaoltacht |